DU MÊME AUTEUR

Aux Éditions Gallimard

UNE JOLIE FILLE COMME ÇA

Aux Éditions Stock

IN LOVE

Du monde entier

ALFRED HAYES

C'EN EST FINI DE MOI

roman

Traduit de l'anglais (États-Unis)
par Agnès Desarthe

nrf

GALLIMARD

Titre original :

THE END OF ME

Un jeune homme assis à sa table
Tient dans ses mains un livre que tu n'as jamais écrit
Et observe les sécrétions des mots tandis
Qu'ils se révèlent.

WALLACE STEVENS,
The Lack of Repose

1

J'ai rampé sous le buisson, loin de la fenêtre, et je me suis mis à courir. Mon unique salut, la fuite. Si je m'étais arrêté, j'aurais hurlé. Je savais que je ne devais pas m'arrêter. Ça venait du fond de mes tripes. Dans ma gorge desséchée et serrée. Courbé, à vif, grimaçant, blessé à mort, j'aurais hurlé dans la nuit. Semant l'épouvante dans ces maisons. Parmi ces pelouses bien entretenues. Ces pianos joliment lustrés. Les greniers auraient frémi. Les tapis se seraient recroquevillés. Si je m'étais arrêté. Si je l'avais laissé jaillir de moi. Cet animal blessé cet animal dévasté. Mais je ne me suis pas arrêté. Je n'ai pas hurlé. J'ai couru. J'avais encore mes tennis aux pieds. Et je n'ai pas hurlé.

Le club était fermé. J'ai conduit jusqu'à la maison. Les lumières étaient éteintes. Je ne cessais de me dire : Tu es fini. C'en est fini de toi. J'aurais voulu me trouver dans un endroit désert et frapper mes mains l'une contre l'autre. J'aurais voulu ramper, m'enfouir dans la terre. Marcher me semblait impossible. Peut-être qu'à quatre pattes cela ferait moins mal.

La maison me dévisageait. Je savais que ce n'était plus chez moi. Mais le plus terrible, c'était que je m'y attendais. Je l'avais vu venir. De loin. À pas feutrés. Même si je ne l'avais pas vu clairement et même si je n'y avais pas cru, je savais que ça finirait par me tomber dessus. Je me faisais vieux. Était-ce seulement pour cette raison, parce que je me faisais vieux ? On est soudain rejeté. La porte qui avait toujours été ouverte se referme. Le téléphone qui ne cessait de sonner demeure silencieux. D'autres sont choisis alors que jadis on était l'élu. À même le sol sur une musique inaudible il glissait une main sous la douceur du pull et dégrafait son soutien-gorge. Je n'avais pas hurlé. J'avais couru. J'étais fini.

2

J'ai fait mes bagages. J'ai mis les chaussettes à côtes, les pantalons chics, les chemises ornées du petit monogramme élégant, les souliers fins, la veste en tweed, le costume sombre doublé de soie dans la valise. J'ai emporté l'album contenant les photos de moi. Je n'avais pas de livres à prendre. Je ne voulais pas de livres. Je pourrais toujours en acheter. Lire me faisait souffrir, de toute façon. J'ai rangé dans la valise les caleçons, dont la taille avait augmenté au fil des années, ainsi qu'un débardeur. Il ferait sans doute froid à New York. On était en janvier et il faisait toujours froid à New York en janvier. Je fuyais pour New York. J'aurais pu aller ailleurs, j'avais suffisamment d'argent. J'avais tout l'argent des années fastes. Hors de question que cette garce mette la main sur ce qui restait de cet argent. J'ai ajouté le kimono en soie que j'avais acheté à la filature de Kyoto. J'aurais pu utiliser l'argent qui me restait pour retourner au Japon. Le Japon était l'endroit rêvé pour n'être rien. Au Japon, les Américains que j'avais croisés étaient tous plus ou moins finis. Le sexe au Japon était comme l'alcool dans la jungle ou dans les îles. Au Japon on consommait le sexe avec la même persévérance qu'ailleurs on s'adonne à la boisson. Mais je n'avais pas envie de retourner au Japon, et Paris, où j'avais vécu aussi, n'était pas un bon endroit pour se cacher. La Suisse était paisible, mais je ne voulais pas d'une vie paisible. Je n'avais pas envie de skier, d'acheter des montres, ni de faire de longues promenades dans la campagne parmi des potagers bien tenus. Je voulais me perdre. Je voulais m'effacer. Je voulais un endroit susceptible d'extraire de mon corps le venin de la douleur. Je retournais à New York.

Je n'ai rien détruit, alors que pendant que je faisais ma valise je sentais monter en moi une pulsion, étreinte par le sanglot, de tout saccager dans la maison. De découper les vêtements de ma femme. De défoncer les tableaux achetés à l'époque où l'argent coulait à flots. D'ouvrir les robinets pour qu'ils inondent tout, de renverser les cendres de la cheminée sur les tapis, de plonger un couteau dans le rembourrage de la méridienne et de mettre le feu au lit *king size*. Après avoir terminé mes bagages, je n'ai rien fait de tout cela. À la place, j'ai parcouru la maison de fond en comble pour allumer toutes les lumières. Chaque lampe, les concaves, les convexes, les plafonniers, les directes, les indirectes, partout dans la maison, les lumières du patio, les lumières du garage, toutes les lumières. La maison irradiait. Elle était totalement illuminée. Tous les circuits étaient mis à contribution. Puis j'ai appelé la compagnie de taxis pour commander une voiture, j'ai attendu dans la maison illuminée, et je l'ai laissée embrasée derrière moi pour m'enfoncer dans l'obscurité entre les habitations du quartier aux éclairages tamisés. Le taxi m'a conduit jusqu'à l'aéroport et l'éclat de ma maison, ce feu que j'avais allumé sans toutefois mettre le feu, est resté présent à mon esprit durant tout le trajet puis pendant le temps d'attente dans le terminal jusqu'au moment où le gros avion est arrivé, jusqu'au moment où mon vol a été annoncé. Il était minuit passé de dix minutes lorsque j'ai embarqué à bord du jet pour New York. J'avais une place à côté du hublot. À minuit et demi, il a décollé. Les lumières bleues au sol se sont estompées. Tandis que l'avion s'élevait pour flotter enfin dans les airs, je me suis dit que la douleur allait diminuer, mais elle n'a pas diminué. Peut-être ne m'étais-je pas encore assez éloigné pour qu'elle diminue. J'ai contemplé la petite boîte carrée enserrant l'écran placé au-dessus de moi. Le journal de la nuit touchait à sa fin. J'ai levé la main et éteint l'étroit pinceau lumineux de la veilleuse. J'espérais me reclure dans l'obscurité. Nous volions à une altitude de 120 000 mètres. Était-ce assez haut ? À une vitesse de 800 kilomètres à l'heure. Était-ce assez rapide ? Quelle vitesse, quelle hauteur, quel degré d'obscurité fallait-il que j'atteigne pour aller là où je souhaitais me rendre ? En contrebas, le continent s'étirait. L'air nous a infligé de vilains rebonds à plusieurs reprises. Joliment gainées dans leurs uniformes, les hôtesses de l'air se déplaçaient dans la cabine sombre. Des sandwichs triangulaires sont apparus. Du café dans des tasses en plastique. J'ai mangé mécaniquement. J'ai bu mécaniquement. Le film allait commencer. Je l'avais déjà vu. Je voulais m'endormir. J'ai prié pour m'endormir. Le sommeil et la distance, voilà ce dont j'avais besoin. Un sommeil profond, une distance incommensurable. J'étais assis là, dans le fauteuil incliné, les yeux grands ouverts sur la pénombre que contenait la cabine. Ils ont démarré le film. J'ai observé les écouteurs enfoncés dans les oreilles des autres passagers. On aurait dit des stéthoscopes. Les passagers étaient tous des médecins appelés en urgence pour soigner une grave maladie. J'étais seul. J'avais tout abandonné. J'avais tout laissé dans le brasier symbolique. L'avion a été violemment secoué. Nous survolions le Colorado. Le Colorado n'était pas assez distant. L'avion s'est stabilisé, poursuivant son vol. Je souhaitais vaguement qu'il ne cesse jamais de voler. Traversant les continents. Les océans. D'un pôle à l'autre. Je resterais ainsi, calé dans mon fauteuil à demi incliné, le masque à oxygène à portée de main, l'issue de secours à quelques pas, les hôtesses de l'air se livrant à leurs rondes, le coussin écrasé comme il faut derrière la nuque. Un signal lumineux clignoterait. J'attacherais ma ceinture. Le signal s'éteindrait. Je détacherais ma ceinture. J'obéirais aux consignes de sécurité comme si elles importaient. Je lirais les magazines disponibles comme s'ils contenaient vraiment des choses dignes d'être lues. Puis les magazines s'épuiseraient. Les sandwichs triangulaires, les olives plantées au bout d'un cure-dents, les bâtonnets de carotte viendraient à manquer. Le carburant viendrait à manquer. Lumière et obscurité alterneraient. Au-dessous le paysage deviendrait méconnaissable. Montagneux, enneigé. Il y aurait des formations nuageuses d'une nature inconnue. J'irais jusqu'au bout, face à mon écran. C'était une façon comme une autre de mourir.

Brusquement, j'ai eu du mal à respirer. Mes poumons peinaient à s'emplir. On aurait dit qu'il n'y avait plus d'air dans l'appareil. L'avion était silencieux. Le film était terminé. Les veilleuses s'étaient éteintes. Je ne parvenais pas à avaler ma salive. Ma bouche pendait, ouverte. J'allais vraiment mourir. Pris de panique, j'ai enfoncé le bouton d'appel d'urgence.

L'hôtesse de l'air est apparue.

Elle s'est penchée vers moi.

La pression me bouchait les oreilles.

« Je n'arrive pas à respirer.

— Voulez-vous un masque à oxygène ? »

Elle a défait le bouton de mon col.

Je suffoquais.

Tout l'air semblait s'être échappé de l'avion. La cabine était semblable à un tube vide. Privé d'air, je fonçais dans l'obscurité transie.

Elle a levé la main pour tordre l'embout de la valve. Un sifflement. L'air de la nuit, fluide, froid. Venu de l'immensité noire du dehors.

« Respirez, a-t-elle dit. Doucement. Profondément. »

J'ai obéi.

Elle était tout ce qui restait du monde. Aucun des passagers ne bougeait. Les magazines gisaient ouverts sur des genoux endormis et indifférents.

La pression s'est dissipée. L'étouffement a diminué. J'ai pu avaler ma salive. La panique a pris fin. C'était une crise d'angoisse. Je n'allais pas mourir. Pas encore. L'hôtesse de l'air s'est éloignée. Puis quelque chose a pâli de l'autre côté du hublot. C'était le matin.

3

Au début, je ne pouvais pas quitter l'hôtel. Je logeais au huitième étage. Je regardais par la fenêtre du salon. J'apercevais les rochers humides de Central Park et les arbres dénudés. Le ciel était couleur de pluie. Le radiateur sifflait, produisait des bruits de ferraille, puis sifflait à nouveau. Il faisait assez chaud dans la suite. Je ne pouvais pas la quitter. Pas encore. C'était comme une grotte bien aménagée dans laquelle je me serais retiré. Pour mourir ; ou pour donner naissance. C'est à ça que servent les grottes. La mienne donnait sur Central Park.

Dans la rue, un chauffeur astiquait une Cadillac garée sur le trottoir d'en face. Un homme passa. Il lisait une feuille de chou. Puis une femme, jambes fines, sac à main en cuir marron. Puis un homme en imperméable blanc. On prévoyait de la pluie. Moi, je ne prévoyais rien. Un jeune homme passa, cigarette à la bouche. Le chauffeur astiquait toujours la voiture. Il lustrait le coffre de la Cadillac. Il avait commencé, bien sûr, par le coffre. Il ne prévoyait pas de pluie, ou bien on lui avait donné l'ordre de faire briller la Cadillac quel que soit le temps. Un homme chauve apparut, accompagné d'un lévrier. Il tenait la laisse assez lâche et le chien s'accroupit dans le caniveau. J'étais fatigué. Je n'avais pas dormi dans l'avion. J'avais peur de dormir après mon expérience hallucinée d'étouffement. Je me dis que je finirais par sombrer au bout d'un moment. Le chauffeur s'attaquait à présent au toit de la Cadillac. Une fille passa, emmitouflée dans un manteau de fourrure et portant un sac en papier. Une fille avec des bottes à talons hauts. Puis trois représentants de commerce s'arrêtèrent au bord du trottoir. Ils avaient trois attachés-cases et chacun d'eux tenait un parapluie. Ils prévoyaient de la pluie. J'étais posté derrière la fenêtre encore en pardessus. À présent je le retirai. Je défis mon nœud de cravate. Je me rendis dans la chambre. Le garçon d'étage avait posé ma valise sur un pliant en métal. Je rangeai mes affaires. Après cela je retournai au salon et regardai à nouveau par la fenêtre. Le chauffeur polissait les poignées de la Cadillac. Je m'assis dans l'un des deux fauteuils recouverts de tapisserie qui se faisaient face dans la pièce. La suite était trop chère. Mais j'étais trop fatigué pour m'en préoccuper. J'échangerais plus tard pour quelque chose de plus raisonnable. Depuis mon siège, seuls étaient visibles le ciel et la ligne des toits, irrégulière comme un sourire partiellement édenté. Il aurait fallu que je dorme. Je me levai, toujours attiré par ce que révélait la fenêtre. Le chauffeur était dans la Cadillac et briquait maintenant le volant et le tableau de bord.

4

Il faisait nuit lorsque je m'éveillai. J'allumai toutes les lampes du salon. Je prendrais mon dîner dans la chambre, me dis-je.

Il y avait une gravure sur le mur. Derrière l'antenne de télévision. C'était une scène de chasse anglaise. Je retirai le cadre du crochet où il était pendu pour examiner l'image de plus près.

Tom Moody, disait la légende : *Le Piqueux*.

Qu'était-ce donc qu'un piqueux ? Il devait s'agir d'un terme de vénerie. Ce bon vieux Tom, le piqueux, était mort. Je lus le poème :

Ils étaient six rusés déterreurs
Dans leurs habits verts de veneurs
Pour porter Tom en terre
Au lieu de sa dernière demeure.

J'identifiai les six rusés déterreurs. Ils portaient le cercueil. Sur leurs épaules reposait ce bon vieux Tom.

Son cheval qu'il avait baptisé
Vieille âme venait après eux
Et sur son front comme en trophée
Du dernier renard débusqué pendait la queue.

Un trophée, vraiment ? Débusqué, pourquoi pas ? J'étudiai le cheval blanc. Sa vieille âme. J'observai l'antique scène bucolique anglaise. Quelle était cette femme en pleurs, avec un enfant dans ses bras d'encre, devant la chaumière ? Elle semblait jeune. Elle était la quoi de Tom ? Avait-il jamais crapahuté jusqu'à une fenêtre voilée par la fumée du feu de tourbe et vu une main obscène se glisser sous son vêtement pour dégrafer ses dessous bucoliques ? Ce bon vieux Tom avait-il hurlé dans son costume vert de chasseur ? Avait-il fui ? S'était-il caché ? Écœuré ? Meurtri ? Fini ?

Casquette, bottes et fouet
En bouquet rassemblés
Complétaient le cortège que de fort loin suivaient
Çà ou là, un vieux limier efflanqué.

Le chien. Ne manquait plus que lui. Efflanqué, forcément.

Ah ! Jamais plus ils ne suivraient
Par les vaux sa voix
Jamais plus les cieux ne recevraient
Son premier cri de joie.

Pauvre vieux Tom Moody. Fini les cris de joie aux cieux. Quant à moi, je n'étais pas mieux. Au revoir, cher vieux piqueux. Si les chiennes ne t'engloutissent pas, les cieux s'en chargeront. En petites lettres, en bas à droite de la gravure, je lus l'adieu :

Hey ho !
Acclamez-le !
Taïaut !
Taïaut !

Je remis au mur les six rusés déterreurs. J'appelai le room service pour commander mon dîner. J'éteignis la lampe qui m'avait permis de lire le poème. J'éteignis toutes les autres lampes. Le salon replongea dans l'obscurité. Taïaut ! Au matin je sortirais. Je percevais la ville. Étais-je de retour chez moi ? Je fermai les yeux. Les lumières, les rues se frayaient un chemin en moi. La nuit, au-dehors, grouillant de rendez-vous. J'entendais les trains qui ramenaient les gens chez eux. Car c'était, après tout, ma ville. Elle avait veillé sur moi jadis. Ses foules, pareilles à d'énormes tampons de buvard, avaient absorbé ma vie. Synagogue en ruine. Plaques d'égout fumantes. Portes à tambour tournant à l'infini. Asphalte où la craie dessinait des obscénités, des marelles, ou bien des flèches pointant mystérieusement vers nulle part. Décapitée, ma tête flottait dans le tunnel du métro. Pressé, livres de classe sous le bras, argent du déjeuner dans la poche de mon pantalon en velours côtelé, timoré, moite de désir, dans l'heure de pointe matinale, collé à la poitrine chaude et anonyme de quelque vendeuse. Trente-cinq ans. Oui. J'avais offert à la ville autant de cette vie qui était la mienne. Sans doute, ce qui était brisé, ce sentiment abîmé que j'avais de moi-même, serait-il restauré. Je guérirais parmi ces angles bruts. Je me baignerais en elle comme dans un spa. Ses bras indifférents berceraient ma convalescence. Le serveur frappa à la porte.

5

Le bâtiment était rond. Peut-être pas exactement rond, mais du moins semi-circulaire. Sur les balcons discrets, des chaises de jardin entouraient de petites tables. Je regardais l'immeuble sans y croire vraiment. Rond ! Il n'y avait pourtant rien de rond à New York hormis l'aquarium. L'effet était presque celui d'une apparition. Je me rendis soudain compte que j'étais incapable de me rappeler ce qu'il y avait autrefois à ce coin de rue, avant que cet immeuble rond fût construit. Un agent de police piétinait dans le froid. Il se tenait près d'un parcmètre. En approchant, je vis qu'il était très jeune. À présent, les bâtiments étaient ronds et les policiers très jeunes.

« Qu'est-ce que c'est que ça ? » dis-je à l'agent.

Il leva les yeux vers l'immeuble.

Il était vraiment très jeune, il avait froid et portait des mitaines.

« On dirait une prison, pas vrai ? » fit-il.

Je n'étais pas certain de ce à quoi cela ressemblait. C'était tout simplement un machin incroyable.

« Il y avait quoi, là, avant ? Je ne me rappelle plus.

— Pour tout vous dire, répondit-il, je me rappelle pas non plus. Un genre de bâtiment. »

Oui, bien sûr, un genre de bâtiment. Une banque, un bordel, un club de sport. Historique ou pas. Quelle importance, je ne me rappelais pas et le jeune agent de police, pas davantage.

Je longeai ce qui avait été autrefois la Sixième Avenue et que l'on avait rebaptisée Avenue des Amériques. Je n'avais qu'à marcher lentement et, lentement, la ville viendrait à moi. Mais New York ne vient jamais lentement à qui que ce soit. Ce n'est pas un paysage. Elle vient à vous simultanément. Elle existe continûment à la périphérie du regard. Presque toujours on aperçoit à la limite de ce qu'on voit quelque chose que l'on ne voit pas encore. J'avais toujours su cela, même à l'époque où c'était une ville différente, une ville que j'habitais, la même que celle où je tentais de vivre aujourd'hui. Une excavation gigantesque s'ouvrait dans l'artère. Une éventration municipale. Il y avait d'énormes tuyaux de métal rouillé enterrés dans l'argile et le roc sous la surface de la rue. Certains des tuyaux étaient capitonnés au niveau des joints. Sous la terre, parmi les intestins d'acier, des hommes coiffés de casques en métal, la taille enserrée dans une ceinture garnie d'outils, s'activaient. La circulation était au point mort. J'entrai dans un Delicatessen pour prendre un petit déjeuner. Je n'avais pas marché longtemps et j'étais pourtant épuisé. Ma femme avait toujours dans l'armoire à pharmacie un flacon rouge empli de vitamines spéciales. Ma femme. L'armoire à pharmacie. C'était un Delicatessen que je connaissais. Il était tenu par un certain Max Gitlitz qui avait possédé, autrefois, un établissement semblable dans le North Bronx à l'époque où je vivais à Woodlawn. Je ne vis pas Max derrière la caisse. J'aurais juré que même au bout de dix ans, si j'entrais là, j'y trouverais forcément Max Gitlitz à la caisse. Je m'assis. Vêtus de vestes rouges, deux hommes entrèrent dans l'établissement. Je lus l'inscription cousue sur la poche de leur veste, en lettres brodées : Z'avez déjà zété à Zinzinatti ? Je jetai un œil au comptoir. Des tranches avachies de corned-beef reposaient sur un lit de persil. Un poulet rôti ficelé. Des bocaux d'olives. Un rosbif entouré de piments de couleurs vives. Des chapelets de saucisses. Des cassolettes de tomates en saumure. Des saucissons suspendus. Je vis aussi de petits melons verts espagnols sur une étagère. Du feuillage avait été déposé entre les fruits. Le serveur s'approcha. Je le reconnus. Je lui demandai des nouvelles de Max.

« Max est parti depuis longtemps, dit-il. L'endroit a été remanié trois fois. »

C'était donc ça. *Remanié*. Le mot était juste. Pendant mon absence, durant mon exil, alors que j'étais resté parti trop longtemps, l'endroit, dont l'extension était infinie, l'endroit dont je me souvenais, avait été *remanié*. Au moins trois fois. Dans quel but ? Des lumières plus vives ? Cette rotondité incroyable ? Ces excavations poignantes ? Ces agents de police juvéniles ? J'avalai mon petit déjeuner et quittai le Delicatessen.

Je restai planté à un croisement, les mains profondément enfoncées dans les poches. Ils étaient en train de raser un vieux théâtre. Le vent soufflait. J'observais le flot des voitures. Les grands camions. Les camionnettes de livraison. Leurs roues énormes. General Air Conditioning passa. Puis ce fut le tour de Heineken Holland's Proud Brew. Qui freina. S'arrêta. Attendit. Passa la première avec un grincement. Reprit sa route. Gross & Co fila. Puis Brunckhorst's Boar's Head Brand Provisions. Olin's Rent-A-Truck freina. S'arrêta. Attendit. Passa la première avec un grincement. Reprit sa route. Et encore Kromecoat Brand Cast Coated Paper et K. Masucci Bros.

Que construiraient-ils lorsqu'ils en auraient fini avec le vieux théâtre, renvoyé à coups de masse d'arme géante vers le passé ? Un triangle ? Un hexagone ? Le nouveau bâtiment s'élèverait-il en spirale, en flèche, en voûte ? Sauterait-il hors de terre, percerait-il, enfin, l'orifice fumant ? Déchirant le sol sous le surplomb des cieux ? Je me remis à marcher.

Quatre Noirs se tenaient dans l'embrasure d'une porte. Le ciel s'était assombri. L'après-midi était bien avancé et il faisait plus froid. Les quatre hommes dans l'embrasure tremblaient et se réchauffaient en se balançant d'un pied sur l'autre. Ils étaient là, devant la porte, comme un quartet prêt à jouer. Les deux plus petits à l'avant, les deux plus grands derrière. Tous portaient de longs pardessus sombres et râpés. Les revers élimés des cols en velours des manteaux étaient relevés. Je me courbais sous le vent. J'avais marché tout l'après-midi et je retournais vers l'hôtel. Alors que j'approchais du quartet sur le perron, j'entendis un des deux grands dire d'une voix douce : « Viens par ici, Lulu. » J'arrivai à leur hauteur. Le vent mordait sévèrement. À présent c'était un des petits qui disait : « Allez, viens Lulu, viens, mon bébé. » Je tournai au coin de la rue. Il allait neiger.

6

Mais il ne neigea pas. Il neigerait plus tard. New York serait enfouie sous la neige et ce serait dans une cité enfouie que je ferais l'amour à Aurora. Dans la blancheur.

Dans un silence blanc. Le vent s'était calmé et il ne neigeait pas. Je lus attentivement les prévisions météorologiques dans le journal du soir. Le soleil se lèverait à 7h05. Il se coucherait à 16h29. Le lendemain, le soleil se lèverait à 7h06. C'était la seule information non équivoque que contenait le journal. Nous étions dans le dernier quart de la nouvelle lune. Trente centimètres de neige étaient déjà tombés à West Yellowstone, dans le Montana. Owyhee, dans le nord-est du Nevada, en avait reçu quinze. La nation, en plus des guerres, des scandales et des crimes, subissait de fortes averses sur les côtes et des chutes de neige en montagne. Ici, depuis la fenêtre de ma chambre d'hôtel, je ne voyais qu'un crachin gris.

O.
F. W.
K.
Leonard R.
B.

J'écrivis soigneusement la liste d'initiales sur une feuille prélevée dans le bloc de papier à en-tête de l'hôtel. J'étais assis face à l'écritoire. J'imaginais que c'est sous ce nom qu'elle figurait dans l'inventaire de l'hôtel : écritoire. Les initiales étaient celles d'amis décédés. C'était parce que maintenant que la pluie tombait je pensais aux amis à qui je pourrais téléphoner, au petit nombre d'amis que j'avais eus et au fait que parmi eux, il ne m'en restait presque aucun. Ils avaient tous plus ou moins mon âge – certains étaient plus jeunes – lorsqu'ils étaient morts.

O.
F. W.
K.
Leonard R.
B.

Ils étaient morts de différentes façons. O. à l'hôpital : cancer ; F. W. sous l'escalier d'un taudis à l'endroit où les mères rangeaient les poussettes : suicide ; B. s'était redressé dans son lit une nuit pour tousser : une toux fatale ; K., c'était l'alcool ; Leonard R. alors qu'il prenait un bain chaud. Leur mort n'avait pas diminué l'ampleur des foules sur Broadway. Toutefois, sans eux, la ville était plus vide. Cela donnait l'impression, comme cela arrivait quand j'étais enfant, qu'ils avaient été envoyés à la campagne pour l'été ; je me retrouvais tout seul pour jouer aux cartes sur les marches de notre immeuble. Sauf que, bien sûr, ils ne reviendraient pas une fois les vacances terminées.

O.
F. W.
K.
Leonard R.
B.

Tous étaient morts de manière inattendue. Pour nous autres, autant que pour eux-mêmes. On était au loin et un ami mourait. Je me rendis brusquement compte qu'il n'y avait pas eu de dernières paroles prononcées. J'ignorais ce que chacun d'eux avait dit, si tant est qu'il eût dit quelque chose, juste avant de mourir. Ma génération, mes amis semblaient mourir de manière inattendue et en silence. Une souffrance rapide, ou légèrement plus prolongée, d'un genre différent de celles qu'ils avaient connues auparavant, était survenue, dont s'étaient occupées des infirmières, une souffrance qu'on avait allégée par des aiguilles plantées dans la chair, contrecarrée par des goutte-à-goutte, et puis soudain, ce qu'ils avaient été durant cinquante ans, cinquante-six dans le cas d'O., cinquante-trois pour Leonard R., tandis que B. avait approché la soixantaine, s'était obscurci, avant de cesser complètement d'être. Il n'y avait pas eu de dernières paroles recueillies à leur lit de mort. Rien de mémorable ne s'était passé. Une quinte de toux et ils étaient morts ; un caillot dans une veine et ils étaient morts ; une dilatation soudaine et ils étaient morts. Quelque chose avait quitté leur regard. Je connaissais mes amis : le silence dans lequel ils étaient morts leur était tombé dessus depuis longtemps, et, à la fin, dans l'intervalle entre la douleur et les sédatifs, quelque chose avait quitté leur regard. Il n'y avait rien eu à dire, pas même à leurs enfants, et ils avaient des enfants. Rien à transmettre. Pas de recommandations ; pas de conseils ; pas le moindre récapitulatif. Le silence avait dû proliférer en eux avec la même constance que la maladie qui en avait tué certains, et qui, après tout, était peut-être la maladie du silence. Je me levai, m'approchai de la fenêtre et regardai le parc grouillant de dangers. De quelle façon repartait-on quand on ne savait même plus comment on était arrivé là ? Par quelle folie commençait-on ? Quels renoncements infimes ? Par quelle négligence de soi ? Là-bas, dans le Bronx, il y avait une vieille femme. Peut-être constituait-elle le point de départ. Parce qu'il en fallait bien un. À 7h05 précises, le soleil se lèverait. Comme sur un champ de bataille. Comme sur l'enclos d'un ferrailleur. Comme sur une étoile dévastée.

7

La petite femme âgée se tenait bien droite sur sa chaise. Je me rappelais les chaussures robustes ; comme ses chevilles s'étaient affinées ; elle était si minuscule, ses pieds touchaient à peine le sol. Tante Dora avait quatre-vingt-six ans. La maison était impeccable. Cela faisait vingt-sept ans qu'elle habitait ce tout petit appartement. Elle me souriait. Asher ! s'était-elle écriée quand j'avais sonné à la porte. Elle était très heureuse que je sois venu lui rendre visite. C'était une telle surprise de me voir.

« Oh, mon petit, fit-elle. Que te dire ? »

Des années plus tôt, pour Noël, j'avais acheté le téléviseur qui trônait encore dans son salon. Cet appareil, m'informa-t-elle, fonctionnait toujours à merveille. Elle m'en remerciait encore. Elle avait toujours été très énergique. Ces chaussures robustes avaient sillonné tant de marchés.

« Oh, mon petit, que te dire ? »

Que tous les lundis elle se faisait faire une piqûre par le Dr Benjamin. Le cabinet du Dr Benjamin était de l'autre côté de la rue. Pas de long trajet à faire dans le froid. Elle se sentait en sécurité avec ce médecin juste à côté.

Il ne faut pas ronchonner, disait Tante Dora. Elle gardait les mains serrées l'une contre l'autre sur ses genoux. Elle était plus petite que dans mon souvenir. Il y avait une pellicule bizarre de peau grisâtre sur sa lèvre supérieure. Ses doigts étaient tordus par l'arthrite.

Au Memorial Hospital, après l'opération de la prostate, après l'infection urinaire, après les crampes cardiaques, son vieux tapissier de mari avait tenté de s'échapper en sautant par la fenêtre de l'hôpital. Qu'il repose en paix. Elle était restée sans un sou car tout l'argent de l'assurance était passé dans les frais médicaux.

« Oh, mon petit, que te dire ? J'ai eu mon comptant. »

Elle s'affaira et prépara du thé. Dans la chambre à coucher, sur le lit double, se trouvait un couvre-lit chenille bleu bien lissé. Quand on est vieux il y a toujours trop de place, même quand le lit est étroit et l'appartement minuscule. Je m'assis dans la cuisine. Je plongeai la rondelle de citron dans ma tasse. Tante Dora craignait de m'avoir assommé avec ses malheurs. J'avais traversé le continent et voilà qu'elle parlait des choses qu'on ferait toujours mieux de taire. Comment allait ma femme ? Comment allait le travail ? Comment j'allais ?

Un désir de dévoiler à cette vieille parente tout ce qui allait mal me vint aux lèvres. De confesser que tout n'allait pas comme il faut. Que ma femme n'était pas au mieux. Que mon travail n'existait pas. Mais c'était impossible. J'étais, après tout, la célébrité de la famille. Mon nom était imprimé ici ; ma photo parue là. J'avais échappé à leur lot commun. Ou, du moins, le croyaient-ils. Du moins ma pauvre Tante Dora le croyait-elle. Asher s'en sortait bien ; Asher vivait dans une région où le soleil brillait tout au long de l'année ; Asher avait une femme fantastique. Oh, mon petit, aurais-je dû lancer, à la façon de Tante Dora, que te dire ? J'étais condamné à une version fictive de moi-même. À un faux bien-être. À un succès inventé. Je souris. Ma femme allait très bien, dis-je. J'avais des projets à l'horizon, tout était pour le mieux. Je bus mon thé au citron chaud. Nous repassâmes au salon. À nouveau, nous prîmes place sur les chaises à dossier droit que, des années plus tôt, mon oncle avait tapissées. Je me souvenais de lui, la bouche pleine de clous en laiton qu'il crachait dans la paume de sa main d'où son marteau à tête aimantée les prélevait.

Quand le temps le permettait, Tante Dora sortait et allait s'asseoir avec d'autres dames du quartier dans un square près du Christian Science Reading Center. Sa fille, qui était aujourd'hui aussi vieille que moi, avait épousé un représentant de commerce. Elle avait eu un fils. Il y avait une photo sur la petite table collée au mur. C'était une photo du garçon, Michael. Dans ma famille, certains traits se retrouvent sur tous les visages. Ce qui fait que nous nous ressemblons tous plus ou moins. Je reposai le cadre en argent. Tante Dora me regardait avec une légère anxiété. Michael vivait dans le centre. Il avait un genre d'atelier. Tante Dora poussa un soupir. Lui aussi voulait écrire.

8

Je songe à l'après-midi où ce jeune homme vint me rendre visite. Je le revois dans le couloir menant à ma suite. Il s'est rasé pour l'occasion, parce qu'il est sur le point de rencontrer un membre de sa famille assez influent, et il est plein de rancœur d'avoir eu à se raser. Le couloir est silencieux. Il se déplace parmi les aspirateurs abandonnés par d'invisibles femmes de chambre. Il entrevoit l'intérieur de suites dont les portes sont restées ouvertes, on change les draps, on sort une table roulante couverte des reliefs d'un repas. Sur le chariot, des coquilles d'œuf, des serviettes tachées, des peaux de pamplemousse. Il s'invente un petit jeu ironique tandis qu'il longe le corridor. Il s'imagine en territoire ennemi. Les aspirateurs abandonnés sont les armes que les troupes adverses ont laissées sur le champ de bataille. Les bataillons se déploient au moyen des ascenseurs. Il se colle au mur. Pour mieux infiltrer les lignes ennemies.

Je dormais du sommeil du juste quand il frappa à la porte de ma chambre. Le bruit interrompit un rêve assez étrange. J'étais dans un bureau. Un grand bureau. Le responsable avec lequel j'avais rendez-vous n'était pas là. J'ouvrais une porte dans le fond de la pièce. Étrangement, elle donnait sur un appartement. Ou plutôt, sur une vaste chambre. Les murs étaient tendus de toile. Il y avait un grand lit. Dans le lit se trouvait le responsable. Son bras gauche était levé, pris dans des sangles. Du plafond pendait un flacon de plasma. Un tube sortait du flacon. Une aiguille était plantée dans le bras du responsable. Le plasma s'écoulait. Il recevait une transfusion. C'était un homme grand et pâle. Dans la main gauche, il tenait un micro argenté. Il dictait quelque chose dans le micro sans produire le moindre son, tandis que le plasma s'écoulait. Puis je vis, dans une sorte d'alcôve adjacente, sa femme et ses trois enfants. Ils dormaient. La femme était très brune, les enfants, très blonds, le responsable, lui, très grisonnant. Le plasma s'écoulait, la dictée se poursuivait, la femme et les enfants dormaient, et moi, j'étais là, debout, quand le coup sur la porte interrompit le rêve. Je me levai, pas vraiment réveillé, et ouvris la porte.

Sur le seuil, dans le couloir, le garçon dit : « Je suis Michael Bey. »

Pourquoi le considérais-je comme un garçon ? Ce n'était pas un garçon. Rimbaud était un garçon. Chatterton était un garçon. Michael avait vingt-six ans. Ce n'était plus un garçon. Mais il était impossible de les considérer autrement que comme des garçons, ces jeunes. C'étaient des garçons. Et un beau jour, ils avaient trente-cinq ans.

Il était environ cinq heures de l'après-midi. Le crépuscule, comme un genre de suie, suintait du ciel. Je me rappelle qu'il regarda par la fenêtre de l'hôtel la vue que j'avais sur le parc. Puis l'horloge illuminée au sommet d'un des grands immeubles. Il était 5h01. Il semblait attendre, fasciné, que les aiguilles marquent 5h02. J'avais déjà perçu la façon presque furtive qu'il avait eue d'examiner ma suite. Elle n'était pourtant pas néronienne. Je ne vivais pas dans un luxe ostentatoire. Il ne retira pas les mains de ses poches et ne quitta pas son manteau. Il consentit simplement à en rabaisser le col. Puis un avion apparut, haut dans le ciel, derrière un banc de nuages. Il déclara, sans vraiment s'adresser à moi, comme si je me trouvais là par hasard dans la chambre :

« Pasternak disait que c'était comme une marque sur du linge. »

— Qui ça ?

— Pasternak.

— Pasternak disait que quoi était comme une marque sur du linge ? »

Il fit un geste, seulement de l'épaule, pour désigner le ciel assombri.

« L'avion. »

Ce qui me força à lever les yeux vers le ciel, par-delà l'étendue du parc, en direction de l'avion. La distance donnait l'impression qu'il était planté, immobile, dans le banc de nuages. Il ressemblait effectivement à un genre de monogramme. Une inscription apposée sur le bas d'une vaste chemise de ciel comme en laissent les employés du nettoyage à sec.

Cela ne m'aurait pas agacé outre mesure, si je n'avais pas ajouté bêtement : « C'est dans *Jivago* ?

— Non. Dans un poème. »

Le ton impliquait, bien sûr, que tout ce que je connaissais de Pasternak se réduisait à *Docteur Jivago* et que je ne le connaissais que parce qu'on en avait tiré un film. Le fait que le garçon eût raison – je n'avais pas lu *Docteur Jivago* et j'avais vu le film – n'aidait pas. Il finit par s'éloigner de la fenêtre pour s'asseoir.

« Pourquoi n'enlèves-tu pas ton pardessus ?

— Je suis bien comme ça. »

Peut-être, mais moi pas. Je préparai un scotch. Il saisit maladroitement le verre dans une main tandis que l'autre restait au fond de sa poche.

« Tante Dora m'a dit que tu écrivais de la poésie. »

Il se contenta de lever les yeux vers moi. Regard brun, neutre, réservé. Se moquait-il ? Je vis ses iris pointer vers un fauteuil dans le coin de la chambre. Mon kimono japonais était plié sur le dossier. Ses yeux s'attardèrent sur la soie.

« Où as-tu acheté ça ?

— À Kyoto.

— T'es allé au Japon ?

— Il y a cinq ans. »

Ses yeux allaient de la soie à moi pour retourner à la soie.

« Je peux toucher ?

— Bien sûr. »

Il se leva. Il tirait enfin son autre main de la poche. Il traversa la pièce jusqu'au kimono et effleura l'étoffe. La soie était d'un beau gris avec un motif de chrysanthèmes. Je me souvenais du moment où je l'avais essayé dans la filature de Kyoto. La légèreté merveilleuse sur ma peau. Le plaisir que cela procurait. On sentait sa propre texture se modifier en l'enfilant. Il revint s'asseoir face à moi. Il eut la bonne grâce de ne pas fourrer à nouveau la main dans la poche de son pardessus.

Silence.

Il attendait, j'imagine, que je commence. Que je commence quoi, au juste ? À lui refiler des tuyaux sur le marché de la littérature ? Des conseils avisés sur les bonnes habitudes de travail ? Comment on pouvait se faire de l'argent ? Comment devenir célèbre ? Comment triompher ? Comment je m'y étais pris, le mode d'emploi qui accompagnait la pratique et dans lequel on apprenait comment faire ? Tante Dora et lui ! Il pouvait bien garder ses six mains dans ses poches, me gratifier de son regard brun, neutre et buté autant qu'il voulait, ce Michael Bey, et me citer Pasternak pour me mettre dans l'embarras jusqu'à plus soif, mais c'est pour ça qu'il était là, parce qu'il pensait qu'il y avait un mode d'emploi, le petit Michael Bey. Je regardai par la fenêtre. Un monogramme ! Ce Russe à la noix regardant le ciel et s'écriant Eurêka ! Ça ressemble à un monogramme ! Et vas-y que je cours vers la datcha pour noter l'image inestimable, immortelle, rien que pour que ce morveux la cite. Une vraie conspiration, bon sang. C'est tout ce que c'était. Il écrivait. Dieu du ciel : qui n'écrivait pas ? Je n'aurais pas dû dire à Tante Dora de le faire venir à l'hôtel. Le silence s'épaississait. La dernière lueur fuyait. Nous étions dans l'obscurité. Je ne bougeais pas. Je ne pouvais pas bouger. Une trentaine d'années nous séparaient. Et il portait toujours ce foutu pardessus. Comme si j'étais une station de bus. L'enlevait-il seulement lorsque l'ordre lui en était donné directement par un supérieur ? Supérieur en quoi ? Sa silhouette se faisait indistincte. Nous ne nous voyions plus. De temps à autre, on entendait un bruit de glaçons qui s'entrechoquaient, presque imperceptiblement, au fond d'un verre. Il disparaissait. Je disparaissais. On entendait la rumeur de la ville. Voilà ce que nous partagions. La malaria des encombrements. La minute dorée sur l'énorme horloge illuminée. De l'aide ? Oh, Seigneur : j'en avais plus besoin que lui. Il avait trente ans pour en arriver là où j'en étais à présent : dans ce cul-de-sac pour lequel aucun mode d'emploi n'existait. Quel ennui : les jeunes gens ambitieux, les jeunes gens arrogants. Avec leurs regards moqueurs et vides, cette façon d'être toujours sur leurs gardes. Et leurs poignets fins et gracieux, bon sang. Leur façon de frapper à la porte, à contrecœur. Laisse-moi entrer ! Où ça ? Dans le monde merveilleux de la traîtrise. De la putasserie. De l'échec. C'était tout ce que contenait ma chambre.

Il y eut un mouvement. Je l'entendis se lever. Je ne le voyais pas.

« Bon, j'y vais. »

Je perçus du mépris dans la voix du garçon. Mais il n'y avait rien que je pusse faire. Pas moyen de briser le silence énorme et désespéré qui s'était abattu sur moi. Je l'entendis ouvrir la porte de la chambre et j'entendis la porte de la chambre se refermer.

9

Eh bien, pensai-je, mon petit Michael Bey, on s'est dit tout ce qu'on avait à se dire. Mais non, c'était faux, car en m'éveillant le lendemain matin, j'eus honte de moi. Le regret m'envahit : l'une des affections les plus mineures parmi celles qui me rongeaient. Je m'étais montré (me dis-je en faisant les cent pas dans ma suite, ébouriffé, avec un goût rance de moi-même dans la bouche, l'air vaguement hanté) méchant, j'avais été snob ; et après tout, il était jeune (selon les critères actuels) et je devais quelque chose à sa jeunesse. Ce que je devais à ses poignets graciles et à ses yeux butés n'était pas bien clair, mais je sentais, quelque part en moi, maintenant, dans la douce lumière du matin, alors que je beurrais mes toasts, le poids léger de cette dette non acquittée. Et puis, bien sûr, il y avait Tante Dora. Il irait tout lui raconter ; le récit de sa visite glaciale ferait le tour de la famille. Asher, dépourvu de sentiments familiaux ; Asher coupé des autres et obsédé par son succès, même si le succès en question n'était que de façade, alors que j'étais tombé en disgrâce professionnelle et conjugale. La paralysie monstrueuse s'était dissipée. Le monde était en quelque sorte moins sinistre que la veille et je me sentais moins mutilé. Et puis la peur avait fait son travail. L'immobilité, le retrait presque total, la paralysie dans laquelle j'avais plongé m'avait fait peur. Dérivais-je hors de vue du reste de l'humanité ? La chambre s'était assombrie : j'avais disparu, le garçon avait disparu. Je ne voulais pas que tout disparaisse. Plus tard dans la journée, lorsque je sentis que j'étais de nouveau capable de parler presque aimablement à quelqu'un, j'appelai Tante Dora. Elle avait un numéro où joindre Michael dans l'endroit qu'il habitait en centre-ville. La vieille femme était enchantée. Les liens du sang, rien de tel, etc. Si l'on tendait la main, etc. S'aider les uns les autres. Encore fallait-il qu'il sorte la sienne de sa poche. Je comptais présenter mes excuses au garçon (après tout, j'avais eu tort et il fallait que je le reconnaisse) et lui expliquer que le trajet en avion depuis la côte Ouest m'avait épuisé. S'il voulait, si cela lui disait, nous pourrions aller boire un verre. Je proposais que l'on se retrouve au Pine Room, au rez-de-chaussée de l'hôtel. Vers cinq heures. Cinq heures semblait l'heure parfaite pour Michael Bey et moi. Au téléphone (y avait-il toujours dans sa voix ce léger accent de dérision ? Ce soupçon de moquerie ?), il accepta.

10

La fille jura que c'était bien son nom. Son vrai nom. Elle était avec Michael. Il était cinq heures et nous étions au bar de l'hôtel, le Pine Room.

« Mais personne ne s'appelle comme ça. Une strip-teaseuse, peut-être. Vous êtes strip-teaseuse ?

— Non.

— Aurora d'Amore. L'aube de l'amour. Impossible. À moins que votre mère ne soit une universitaire particulièrement calée sur la période classique.

— Ma mère est une ritale particulièrement calée en rien. N'est-ce pas Michael ?

— Sa mère a des chancres.

— Des chancres ?

— Et elle joue au poker.

— Vraiment ?

— Oui. C'est affreux, n'est-ce pas ? Elle m'a eu moi alors qu'elle aurait préféré un tirage quinte ventrale.

— Elle a aussi deux oncles. Oncle Carmine et Oncle Angelo.

— Qu'est-ce qu'ils font dans la vie ?

— Ils me flanquent la trouille, dit Michael. À part ça, pas grand-chose. »

La fille éclata de rire.

« C'est quoi ces livres ? »

Deux gros volumes reposaient sur la table à côté de l'Alexander bien mousseux qu'elle avait commandé.

« Des bouquins de droit, dit-elle.

— De droit ? Je n'y crois pas. Aurora d'Amore et ses bouquins de droit.

— J'étudie le droit. Pas vrai, Michael ?

— Elle étudie le droit.

— Pour de vrai ?

— De dix à quatorze.

— Et après ? »

Elle regarda Michael. Il ne portait pas son pardessus. Elle sourit.

« Qu'est-ce que je fais après les cours, Michael ? fit-elle.

— Elle joue dans des westerns, répondit-il.

— Des westerns ?

— Tu sais bien, pan-pan, ces films où on tire des coups. »

Aurora rit de nouveau. Cela ne la dérangeait pas. Elle devait avoir, estimai-je, dans les vingt-deux ans. Peut-être vingt-trois. Quelque chose comme ça. Elle portait un manteau de fourrure. Elle était myope. Elle chaussait ses lunettes lorsqu'elle désirait ressembler à une étudiante en droit. Elle les avait sur le nez en entrant dans le Pine Room, mais, à l'évidence, elle avait décidé de ressembler à autre chose, maintenant qu'elle était là. Je ne m'étais pas attendu à voir une jeune fille débarquer. Mais j'étais ravi, bien sûr, que Michael en ait amené une. Surtout parce qu'elle était jolie. Elle n'était pas grande. Elle avait d'immenses yeux noirs. Ses paupières étaient couvertes de fard blanc ; on avait appliqué une couche de rouge pâle sur les lèvres. Ses cheveux étaient relevés en un chignon compliqué, un peu lâche et qui menaçait, si elle riait trop fort (et elle ne s'en privait pas, elle riait toujours trop fort, elle avait, si je puis emprunter la description plus imagée de Michael, un rire vaginal), de se défaire en une masse désordonnée. Je me demandai, alors, jusqu'où ils descendraient, ses cheveux. Jusqu'aux épaules ? Plus bas ? Encore plus bas ? Sa peau était sublime. Et c'était la petite amie de Michael.

« Oh, vers l'East Side », dit-elle.

Je venais de lui demander où elle habitait.

« Le nouvel East Side ?

— Ben tiens. Le nouveau. Non. Le vieil East Side. Pas vrai, Michael ? Le vieil East Side nauséabond. »

Elle n'arrêtait pas de faire ça, de soumettre ses réponses au garçon. Qui se contentait de sourire. Qui s'affalait dans son fauteuil. Qui poussait d'un doigt nonchalant sa boisson sur la table, comme pour relier entre eux les cercles humides qu'y traçait le fond du verre. Qui semblait indifférent à elle, au fait de la posséder, si toutefois il la possédait, dans une emprise calme et légèrement arrogante. C'était du moins ainsi que j'avais interprété le pan-pan.

J'y repensais. Pan-pan. Comme ça. Et elle n'avait pas pris la mouche. Elle avait ri. On me disait ce qu'elle faisait de ses après-midi quand les cours étaient finis et avec qui, sans faute, elle le faisait. Bon, me dis-je. Pourquoi pas ? Si c'est sa petite amie. J'avais posé la question, et ils m'avaient répondu. Elle jouait dans des westerns. Un règlement de compte avait lieu, tous les après-midi. Elle avec son étui, lui avec son puissant .45. Je n'étais pas censé m'imaginer qu'ils allaient au drugstore du coin pour boire une limonade.

La fille me fixa.

« Savez-vous que vous avez insulté Michael ? dit-elle d'un ton sévère.

— Vraiment ?

— Oui.

— Quand ça ?

— Hier. Quand il vous a rendu visite. Il s'est senti vraiment insulté.

— Je suis désolé. Je n'avais aucune intention de t'insulter, Michael. J'ai, comme on dit, des problèmes en ce moment.

— On dit ça où ? glissa la fille, gaiement. À Hollywood ?

— Oui.

— Vous devez faire très attention avec Michael.

— Pourquoi ?

— Oh, c'est un sale type.

— Vraiment ?

— Il ne peut pas supporter qu'on l'ignore. N'est-ce pas, Michael ? »

Je regardai le garçon. Il continuait à relier entre eux les cercles laissés par son verre. Elle ne semblait pas dérangée par les bruits répétitifs, pas plus que lui ne l'était par le fait que l'on discutât de son cas en sa présence.

« Êtes-vous contrit ? demanda la fille.

— Contrit ?

— Repentant. Michael a prédit que vous vous repentiriez. Il a dit que c'était pour ça que vous nous aviez invités à prendre un verre ici.

— Michael a raison.

— Vous vous repentez ?

— Oui.

— C'est réglé, dit la fille à Michael. Il se repent. Tu peux lui pardonner maintenant.

— J'aimerais être pardonné.

— Il ne fait jamais ça, vous savez, précisa la fille.

— Il ne fait jamais quoi ?

— Pardonner, il ne pardonne jamais. Il est terrible. Il reste prostré des heures à ronger son frein. Les cocktails que nous buvons sont une réparation, n'est-ce pas ?

— Pour hier ?

— Moui.

— On peut dire ça comme ça.

— De quelle manière avez-vous insulté Michael ?

— Il ne vous l'a pas dit ?

— Asher, mon chéri, vous permettez que je vous appelle Asher mon chéri ? Michael ne dit jamais rien à personne. Moi, je lui dis des choses, mais lui ne me dit rien. Il ronge son frein, c'est tout.

— Eh bien, nous avons passé un moment ensemble. Assis. Dans une chambre sombre. Et puis Michael a dit : Je crois que je vais y aller. C'est tout.

— Ah ? »

Elle regarda le garçon.

« C'est tout ? » fit-elle. Elle se tourna à nouveau vers moi. Elle semblait légèrement surprise que ce ne fût rien de plus. « Vous ne lui avez rien dit du genre comme quoi s'il s'appliquait un peu il pourrait peut-être devenir un bon écrivain un jour. Vous n'avez pas été paternaliste avec lui ?

— Pas consciemment.

— Bon, inconsciemment, alors ?

— Peut-être. Je n'en avais pas l'intention. Je demande pardon au nom de mon inconscient. »

Elle me regarda à nouveau. Puis tourna les yeux vers le garçon.

« Mais Asher est un brave type, Michael, fit-elle. Ce n'est pas du tout une merde. »

Le mot produisit le petit choc prévisible.

« C'est comme ça que Michael m'a décrit ?

— Pas exactement. Ce qu'il a dit, très précisément, c'est que vous étiez une merde bourrée de fric.

— Je ne suis pas bourré de fric, rétorquai-je sévèrement.

— Ah vraiment ? » Elle eut l'air déçu. « Michael a dit que vous vous faisiez des tonnes de pognon.

— Autrefois. Plus maintenant.

— C'est exaspérant. Je rencontre toujours les gens dans leur période *plus maintenant*. Michael, tu dors ?

— Non.

— On dirait que tu dors.

— Ce doit être à cause des dialogues.

— Bon, ben réveille-toi. Asher s'est excusé. Il se pose là, comme somnambule, vous ne trouvez pas ?

— Tu es fatigué, Michael ?

— Oh, il n'est pas fatigué. C'est simplement qu'il s'ennuie. Vous allez nous observer, Asher ?

— Vous observer ?

— Michael a dit que vous alliez nous observer.

— Je ne suis pas certain de ce que je vais faire de vous, pas plus de l'un que de l'autre.

— Mais vous allez sans doute nous observer, je me trompe ? Michael a dit que c'est une véritable école d'écriture. Les observateurs, ou quelque chose dans ce genre. Vous nous observez, là, maintenant ?

— Minutieusement.

— C'est bath. Michael, il nous observe, là. C'est bath, tu ne trouves pas.

— Bath.

— Bon alors, si vous nous observez, là, maintenant, minutieusement et tout et tout, je crois que je vais vous dire ce que Michael m'a confié cet après-midi juste avant qu'on vous rejoigne à l'hôtel.

— Que vous a confié Michael avant de venir ?

— Je lui dis ce que tu m'as dit, Michael ?

— La maladie de la vache folle, dit le garçon. Elle ravage le pays.

— Alors voilà, commença Aurora. Michael avait un drôle d'air après vous avoir parlé au téléphone.

— Vous étiez là au moment de l'appel ?

— Moui.

— Quel air il avait ?

— Oh la la, tellement bizarre.

— Plein à craquer de céréales, dit le garçon. C'est ce que j'étais. Les dents du fond qui baignaient dans le porridge.

— Je lui ai dit : Ça ne va pas, Michael ? Tu ne te sens pas bien ?

— Pourquoi je me serais senti bien ?

— Ben c'est évident. Tu aurais dû te sentir complètement relax. C'est censé relaxer, pas vrai, Asher ?

— Quoi ?

— Ben la chose.

— Naturellement.

— Eh bien, pas lui. Michael était carrément pas relax du tout. La plus belle fille du monde ne donne que ce qu'elle a, n'est-ce pas, Asher ?

— Bon Dieu !

— Tu es vraiment un sale type.

— Qu'a dit Michael ? demandai-je patiemment.

— Il a dit qu'il avait des envies de meurtre.

— De meurtre ?

— C'est une idiote. Les livres de droit ne sont qu'une façade.

— Un de ces jours, mon cœur, je vais me mettre atrocement en colère contre toi.

— Et alors ?

— Fais attention. J'ai du sang rital dans les veines, et le tempérament qui va avec. »

Le garçon la regarda, paresseusement, avec un sourire. Je ne comptais pas les arrêter. De plus, ils ne se conduisaient ainsi que parce que j'étais là, et que ma présence leur fournissait un public. Je devais être choqué s'ils essayaient de me choquer. Intrigué s'ils cherchaient à m'intriguer. Leurs intentions n'étaient pas claires.

« Que voulait dire Michael, demandai-je à la fille, par envies de meurtre ?

— Demandez-le-lui. Ce rat est assis juste là.

— Que voulais-tu dire, Michael ?

— Rien.

— Y avait-il une chose en particulier que tu aurais voulu tuer ?

— Plutôt quelqu'un.

— Qui ça ?

— Pour ce que ça change ! Le premier imbécile venu. »

Il avait à nouveau les paupières lourdes et un sourire en coin aux lèvres. Il y eut un bref silence et je pensai : Oh bon sang, quel mélodrame. D'abord les allusions crues au sexe, et maintenant le bon vieux mélodrame sinistre.

« Vous voulez aller dîner ?

— J'adorerais.

— Il y a un endroit en particulier que vous aimez, les jeunes ? Un bon restau de viande ?

— Je déteste ce genre d'endroits.

— Japonais, alors ?

— On pourra s'asseoir par terre ? dit la fille avec enthousiasme. Vous pourrez mettre votre kimono, Asher.

— Qui vous a parlé du kimono ?

— Michael. »

Elle avait menti. Il lui disait certaines choses.

11

Nous dînâmes au Kobe. L'endroit n'avait pratiquement pas changé. Le même bar sombre en bas. Les serveuses avec leurs obis et leurs tongs à semelles de bois. Le bout de papier déchiré sur lequel le mamasan gribouillait un numéro correspondant à votre manteau et à votre chapeau. L'éclairage n'avait, je fus heureux de le constater, pas été amélioré. Nous bûmes de l'alcool de riz. Je commandai un sukiyaki. Aurora prit des tempuras, et elle servit l'alcool.

« C'est la fille qui le fait, au Japon, pas vrai ?

— Qui fait quoi ?

— Qui vous nourrit, pour ainsi dire.
— Oui.
— Vous avez aimé le Japon ? »
Je me sentais bien. Le Kobe était toujours là, les lampes étaient les mêmes qu'à l'époque où je fréquentais l'endroit et c'était toujours le seul japonais de la rue. Il y avait d'autres restaurants, toutes sortes de gargotes exotiques avaient ouvert entre-temps. Certaines choses, cependant, n'avaient pas été *remaniées*. C'était rassurant. Nous avions bu plusieurs cocktails au Pine Room et avec l'alcool de riz par là-dessus, je me sentais d'humeur expansive. Le chagrin s'était retiré, il avait reflué, les jeunes appréciaient le restaurant. Alors je me mis à leur parler du Japon. Je leur décrivis la petite auberge dans laquelle j'avais séjourné, située dans une station thermale de la côte. J'évoquai le bassin aux carpes dans la cour intérieure, le bruit que faisaient les poissons en sautant hors de l'eau la nuit venue, l'immense piscine emplie d'eau de source brûlante. Je leur racontai qu'un soir, alors que je me sentais seul, j'avais demandé à la serveuse de faire chercher pour moi une geisha dans l'une des maisons de plaisir voisines, et que lorsqu'elle était arrivée je n'avais pu que constater que c'était sans doute la geisha la plus laide du Japon ; il était impossible de la renvoyer et elle avait passé la soirée assise sur les doubles matelas qui recouvraient le sol, un air de reproche sur le visage, à vider un paquet entier de sucres d'orge que j'avais acheté plus tôt dans la journée. Je leur parlai du nain qui faisait office de factotum dans l'auberge, des maisons dans le bazar où des jeunes filles se tenaient immobiles sous leur casque de cheveux laqués, et de l'ouragan qui soufflait

depuis la mer. Je mentionnai le Tennessee Club et une fille que j'avais rencontrée là-bas du nom d'Akiko, vêtue d'une robe en soie miteuse, le thé vert épais, les baraques à poissons où ils tuaient le homard devant vous et le tranchaient vivant. Je terminai par la scène d'adieu quand j'étais allé à la gare et que tous et toutes m'avaient accompagné, me gratifiant d'un sourire et du petit salut typique, torse incliné vers l'avant, j'avais alors commis une bourde colossale : j'avais embrassé Akiko sur la joue devant tout le monde, ce qui n'était apparemment pas en accord avec les mœurs locales. Tandis que je parlais et qu'Aurora et le garçon m'observaient, tandis que les petites tasses d'alcool de riz se vidaient et se remplissaient, je fus surpris de sentir que j'avais voyagé et que ma vie n'était pas cette vaste étendue vide qu'elle me paraissait être la plupart du temps. Bien sûr, j'avais été seul au Japon et quels que fussent les souvenirs que j'en gardais, aussi agréables fussent-ils à retrouver ou à faire partager à d'autres, ils étaient associés, semblait-il, avec les autres moments où j'avais été seul. Eh bien voilà, j'étais seul à nouveau. Je savais, bien entendu, que j'essayais de me rendre intéressant. Pour eux deux. Asher, rond ou carré, n'avait pas toujours été un triste sire. Il lui en était arrivé des choses, à Asher. Je me sentais tout réchauffé de l'intérieur par l'alcool de riz. J'étais soûl. Pas très soûl. Agréablement soûl. Et ils étaient si jeunes. Le sukiyaki était terminé. Le thé pâle avait été consommé. Michael fumait une cigarette. Il était presque dix heures. Je n'avais pas envie que la soirée finisse. Je n'avais pas envie de retourner à l'hôtel. J'étais atteint d'un genre d'insomnie bien particulier : vers quatre heures du matin, je m'éveillais en sursaut. Tout était préférable au retour à l'hôtel.

« J'ai une idée. Si on emmenait Asher voir les danseuses du ventre », s'exclama Aurora.

12

Nous quittâmes le restaurant et prîmes un taxi en direction du bas de Manhattan. Il faisait froid. Aurora s'emmitoufla dans son manteau de fourrure. On m'assura qu'aller voir les danseuses du ventre après un bon dîner serait amusant. C'étaient des danseuses du ventre vraiment très spéciales. Complètement authentiques. Je ne me souvenais pas que la Huitième Avenue fût si sombre. L'hiver faisait toujours paraître la ville plus obscure. Le chauffeur savait où se trouvaient les Jardins d'Alexandrie. Il s'avéra que la boîte occupait un immeuble décati de deux étages.

Je réglai la note et laissai un pourboire au taxi. Une enseigne au néon clignotait dans la nuit. Nous montâmes une volée de marches. Les murs étaient peints d'un vert maladif. L'escalier était dépourvu de tapis.

Il était encore tôt et le premier spectacle ne commencerait pas avant une vingtaine de minutes. Nous déposâmes les manteaux au vestiaire. Le patron, dans son costume noir, œillet blanc à la boutonnière, petit, costaud, les cheveux plaqués à l'huile, nous conduisit vers une petite table.

Nous étions tout près de l'espace réservé aux musiciens. Le lieu était exigu. Un bar se situait au fond de la salle. Je contemplai les fresques peintes aux murs. J'examinai les palmiers. Ils étaient en papier mâché. Les nappes avaient dû être blanches jadis. Les lampes, du genre que l'on voyait sur les calèches, pendaient aux frondaisons factices.

Allahou akbar, pensai-je. Dans les tentes de mes pères, nombreux sont les touristes.

Je me penchai vers Michael.

« Ces fresques, tu les trouves authentiques ? » lui glissai-je à l'oreille.

Il était assis, légèrement affalé, comme à son habitude, les jambes croisées devant lui, les pieds sur la piste de danse.

« Pourquoi ? »

Les fresques représentaient le Sahara. Une oasis qui s'écaillait. Un chameau qui semblait bien incapable de traverser le désert. Je tournai mon regard vers les palmiers pathétiques. Puis vers le garçon.

« Mais tout ça, c'est du toc.

— Bien sûr. »

Aurora (comment diable avait-elle eu le temps de digérer ses tempuras ?) avait commandé du fromage de chèvre et des olives. L'eau-de-vie était servie dans des verres minuscules.

Ils me sourirent (elle, grignotant les olives tout en rompant un morceau du petit pain grossier) comme si je n'avais rien dit que de très prévisible. C'était un piège à touristes ; c'était une escroquerie. Cela ne paraissait pas gêner Michael, ni la fille. Ils avaient même l'air plutôt satisfaits, dans l'attente des danseuses, comme si l'ensemble (nonobstant mon ironie légère à propos des palmiers et du décor) était exactement conforme à leurs espérances. Les Jardins d'Alexandrie s'emplissaient peu à peu à présent, les petites tables, toutes identiques, furent bientôt occupées. Les quatre musiciens entrèrent et s'installèrent sur l'estrade en bois. Trois filles apparurent à leur tour et prirent place sur trois chaises en rang devant l'orchestre. L'une d'elles avait un tambour à la main. La musique commença. Michael l'écoutait avec un plaisir évident. Je me mis à réfléchir. Combien de temps s'était-il écoulé depuis ma dernière visite à un cheikh authentique, sous sa tente authentique, là-bas, parmi les murmures des palmiers bien réels d'une oasis véritable ? Le garçon n'avait pas tort. Il lui avait suffi de sourire et de me regarder (bon sang : j'étais bel et bien hautain !). Il avait raison. C'était du toc. D'accord. Un piège à touristes. Parfait. Les verres d'eau-de-vie étaient ridiculement petits. Vu. J'y réfléchis. Parvenaient-ils (elle et lui) en effectuant la somme de tout cela à obtenir un résultat qui m'échappait ? Et comment appelait-on cette chose quand on arrivait à s'en saisir ? Le réel ou le factice ? Le faux ou l'authentique ? Puisque seul un imbécile aurait pu espérer trouver du sable véritable et que le sable peint (plus il était mal peint, plus il était naïvement représenté, mieux c'était) correspondait à l'unique expectative raisonnable. Une lamentation à cordes emplit l'air. Le tambour frémit.

Michael se pencha vers l'avant.

Il dit : « Regarde bien sa main gauche. »

Il parlait de la main gauche de la fille qui jouait du tambour. Cet instrument s'appelait en fait une darbouka. C'était une percussion de petite taille. J'observai la main gauche. Je constatai que les doigts de cette main gauche effectuaient un accompagnement complexe de l'instrument à cordes dont jouait un vieil homme. Il ne comportait pas de frettes. On appelait cela un oud. Je connaissais à présent le nom précis du tambour et j'avais appris ce qu'était un oud. Les musiciens étaient vêtus de chemises blanches. De la même nuance que les nappes : un blanc approximatif. Une des filles, dans une robe noire stricte assortie à ses cheveux noirs, se leva, éteignit sa cigarette, s'avança vers la scène et, tandis qu'un cercle de lumière se fixait sur elle, se mit à chanter. Elle n'était pas jeune. Elle n'avait pas l'air exotique. Elle ressemblait à la tante sévère que comptent presque toutes les familles. Affublée d'un mari inefficace. Plus tard dans la soirée, elle se révéla être, à mon grand étonnement, la danseuse du ventre vedette : Soraya d'Istanbul.

Elle se présenta dans le pinceau d'ambre diffusé par le spot. Elle avait troqué la robe noire pour des voiles bleus. Ses cheveux étaient détachés. Ils formaient un nuage épais tombant sur ses épaules. Un bijou brillait au creux de son nombril. Un soutien-gorge brodé de perles faisait bomber sa poitrine. Ses bras étaient levés au-dessus de sa tête. Quatre minuscules cymbales en cuivre étaient passées à ses doigts. Son visage insolent était tourné, menton baissé, vers son épaule gauche, ses yeux aux paupières mi-closes semblaient attendre un signal. Le vieil homme pinça les cordes du oud. Le tambour vibra. Soraya d'Istanbul, tante transfigurée, sœur sévère ornée de brillants de pacotille, se mit à danser.

Pour nous. Nous qui grignotions des olives. Nous qui vidions nos verres d'alcool. On avait payé l'entrée. On souffrait d'un léger désordre vasculaire. On avait un implant en or dans la prémolaire. On était descendus en ville pour le week-end. Remontés de la côte. Avec la conquête d'un soir ou la femme d'un associé. Fidèle ou adultère. À quatre, ou seul au bar.

Elle tournoie sur la piste. La piste couverte de linoléum bon marché. Le tambour se fait plus intense, le gémissement des cordes plus déchirant. Elle se défait du voile bleu. Elle se tient, jambes écartées, tout le poids de son corps dans les fesses et dans les cuisses. Elle transpire. Elle regarde avec insolence droit vers la lumière du spot. Elle glisse ses pouces dans la ceinture à sequins qui enserre ses hanches et la fait descendre un peu. Lève les bras. Les sagattes en cuivre carillonnent. Elle se penche en arrière. Sa chevelure ondoie. Le ventre se tend et ondule. Le pelvis avance. Les aisselles sont bleuies par le rasoir. Les piécettes sonnent et les billets volettent dans la lumière ambrée. Elle regarde les hommes assis autour d'elle. Elle ignore les femmes. La blonde pâle. La femme de l'associé. Les hommes tapent nerveusement des pieds, sourient. Mais leurs yeux sont brûlants. Ou en feu. Les cols sont trop serrés. Ou se resserrent. Elle sue. Elle vient plus près de moi sur le lino de la piste.

À nouveau, elle se plante. Elle creuse dans le sol. S'agrippe à la piste. Les cymbalettes frémissent doucement. Accélèrent leur tempo. Ses doigts ressemblent à des veines irriguant une gorge. À nouveau, elle se penche vers l'arrière et ses cheveux ondoient.

Je croise ses yeux, révulsés, montrant leur blanc immense.

Sa bouche s'ouvre, béante.

Battement. Note tenue. Échange vaporeux saturé de sueur. Doucement, elle se redresse. Je n'ai pas regardé Michael. Ni la fille. Soraya d'Istanbul, dans la lumière fumeuse, se déplace d'une table à l'autre. Les yeux des femmes se sont durcis, imperceptiblement.

Je la vois s'approcher à travers les nappes de fumée. Étincelante, sombre.

Les palmiers étaient ridicules et les chameaux n'auraient pas fait de vieux os même dans un terrain vague. Elle était à notre table. Elle me lançait un regard insolent. Je sentais son odeur. Son ventre ondulait en dessinant des cercles, tremblait-dansait. Quelque chose de noir, plus noir que sa chevelure, se précipitait en moi. On exigeait quelque chose de moi. J'avais été élu bouffon de l'endroit. Les sagattes résonnaient, douces et moqueuses, le ventre, tout incrusté de bijoux, se gaussait. Quelle importance. Le sable revêtait une réalité nouvelle. Je collai ma tête contre la peau en sueur et embrassai son ventre. Le tambour s'emballa et un grand Ah ! s'éleva dans la salle. J'entendis quelqu'un rire ; était-ce Michael ou la fille ? La musique culmina dans un son aigu. Soraya d'Istanbul avait disparu.

13

Il était minuit moins deux. Exactement. L'ascenseur s'élevait dans les étages. C'était le genre d'homme à retirer systématiquement son chapeau en entrant dans un ascenseur. Il était petit, rasé de frais, mon âge. Trop d'hommes petits, rasés de frais, s'élevant dans des ascenseurs en regardant leur montre à minuit moins deux, avaient mon âge.

Je dis : « Vous serez dans votre chambre à minuit, exactement. »

Il me regarda.

« Ouais, fit-il en se fendant même d'un sourire, mais avec une certaine froideur. Faut que j'appelle ma femme. Si j'appelle pas, elle va croire que j'ai passé la soirée dehors à batifoler. »

Il descendit au sixième, petit, rasé de frais, mon âge. Froid. Je n'avais pas de femme à appeler. J'avais passé la soirée dehors à batifoler. Sur mes lèvres je sentais encore l'absurde baiser poissé de sueur. Son ventre. Les bijoux. Elle donnerait la même performance lors de la seconde partie de soirée. Je descendis au huitième. Le couloir était silencieux. Ce bon vieux Tom le piqueux se faisait enterrer sur le mur. Je m'assis pour lire le journal. Je percevais des voix étouffées et furtives, ou des mouvements étouffés et furtifs dans l'hôtel. Le room service fermait à minuit. Il y avait eu un fait divers sur le Drive. Un couple jouait au gin rami. La sonnette avait retenti. Trois Portoricains. Avec un faux pistolet. Ils attachent le mari et violent la femme. Le mari réussit à atteindre le téléphone. Quand la police arrive, les agents trouvent un des Portoricains, à genoux dans le salon, en train de prier. J'allai me coucher. Personne ne savait où j'étais. J'avais fui. Un numéro de disparition. Le seul que j'eusse accompli de ma vie. Elle était rentrée. Elle avait trouvé la maison incendiée de lumières. Elle avait fait le tour de la maison, les éteignant une à une.

De pièce vide en pièce vide. Le petit homme froid rasé de frais, mon âge, se présentait au rapport à minuit. À la bénéficiaire de son assurance-vie. Je m'endormis.

Ce fut le premier matin où je me sentis requinqué par le sommeil. Je ne m'étais pas réveillé au milieu de la nuit. Je quittai l'hôtel très tôt. Je pris mon petit déjeuner au bar dans un endroit exigu qu'on appelait le Parisian Café, bien qu'il fût difficile de comprendre pourquoi on le nommait ainsi. Je me mis à marcher. Certaines questions se présentaient à moi. Des choses que j'avais senties obscurément depuis ce moment où, penché à la fenêtre, j'avais observé le chauffeur en train d'astiquer la Cadillac. Elles avaient pris forme d'elles-mêmes dans mon esprit. Sans que j'aie eu besoin de les solliciter. En premier lieu : pourquoi sentais-je une connexion si fragile avec le temps ? Un bâtiment rond. Le Ziegfeld était abattu. L'incroyable Americana s'élevait. Mais qu'est-ce qui s'abattait avec le Ziegfeld ? Qu'est-ce qui s'élevait avec l'Americana ? Non. Ce n'était pas ça. Pas une simple histoire de démolition. Une énorme boule de métal qui écrasait tout sur son passage. Des débris et des excavations. Ce n'était pas ça. Une rupture. Une déconnexion. Quelque chose ne s'enchaînait pas. Oui, voilà. On approchait. Ce qui s'élevait tandis qu'on le construisait ne ressemblait pas à, ne semblait pas évoluer à partir de, ne paraissait pas avoir de connexion avec ce qu'on avait abattu en le détruisant. Hiatus. *Non sequitur*. Quelque chose ne s'enchaînait pas. Une expérience d'un ordre différent. Qu'est-ce que c'était ? Et que m'attendais-je à trouver, en connexion avec quoi et évoluant à partir d'où ? Mon époque. Ma vie. Mon passé. J'avais cinquante et un ans.

Mon dentiste, penché sur moi, tandis que sa fraise vrombissait dans ma bouche sans défense, me l'avait bien dit : après cinquante ans (vrombissement de la fraise) c'était le début de la fin.

L'album qui se trouvait sur l'écritoire de l'hôtel témoignait de ce que j'avais été. Ce que j'avais été ce que les choses avaient été ce que j'étais à présent ce que les choses étaient devenues. Je marchais. Chez un disquaire, je contemplai la pochette aux couleurs criardes d'un disque. Le titre était en français : « *Voulez-vous venir en surprise-party avec moi ?** [1] » Voulais-je ? Y avait-il une surprise-party dans le coin en ce moment ? Était-ce ce qu'il me fallait ? J'avais été rejeté. On ne voulait pas de moi, comme on dit, pour la soupe aux canards. Pour les haricots recuits. Pour la tortilla rassise. Je continuai à marcher. Des filles, aussi jeunes qu'Aurora, étaient partout. Je regardais les paupières fardées de blanc ; les tenues extravagantes. Il doit y avoir quelque part un rocher, me dis-je, sur lequel elles s'asseyent pour chanter. Sur l'East River ? Avec, en fond, le lent ressac du mazout ? Est-ce que les capitaines des barges, fendant les eaux polluées, se bouchaient les oreilles, des oreilles poilues, bien sûr ? Je pris un bus en direction du sud. De là, je marchai encore. Je vis un café face à moi. Une fille du nom de Dayle chantait les soirs de cette semaine dans un endroit nommé The Blue Guitar. Miss Dayle, apprenait-on, était « une enfant de Hollow Times ». Je me figurai qu'il s'agissait d'un petit patelin non loin de Pétaouchnok. J'avais atteint le quar-

1. Les mots et expressions en italique suivis d'un astérisque sont en français dans le texte. *(N.d.T.)*

tier des chapeliers. Les immeubles vétustes, les boutiques pleines de cartons débordant d'échantillons. Je levai les yeux vers l'enseigne d'une fabrique d'articles en cuir. The Ideal Leather Corporation. Elle occupait le premier étage. Des presses. Des formes. Une lumière bleuâtre tuberculeuse. Un vieil homme en tricot de corps, une cigarette pendue aux lèvres, s'activait autour d'une machine. Il piétinait. La machine grinçait, les lèvres épaisses se refermaient. Un sifflement. Quelque part. Il était midi passé. Le vieil homme arrêta la machine. Sa chemise et sa veste pendaient à une patère tout près. Il les enfila. Lentement. Il boutonna sa chemise, lentement. Il mit un pardessus. Il se coiffa d'un feutre orné d'une bande sombre. Un vieux chapeau. Il éteignit le tube au néon qui surplombait la machine en sommeil. La cigarette n'avait pas bougé de ses lèvres. Il disparut. Depuis combien de temps travaillait-il pour The Ideal Leather Corporation ? Cette corporation était-elle vraiment idéale ? Je poursuivis mon chemin.

14

En montant l'escalier de l'immeuble, un *brownstone* de deux étages, j'entendis un enfant pleurer. Cela me sembla bizarre. Je ne m'étais pas attendu à ce que Michael vécût dans un endroit où il y avait des enfants.

Au deuxième, une fille apparut lorsque je frappai à ce qui m'avait l'air d'être la seule porte visible à l'étage qui était, selon moi, le dernier. Son front était barré par une grande cicatrice.

« Je cherche Michael Bey », dis-je.

Elle désigna une volée de marches, sans tapis, plus étroite que l'escalier principal par lequel j'étais monté. On aurait dit qu'elles ne pouvaient mener que sur le toit. Mais elles débouchaient sur une porte. La porte ouvrait sur un atelier vide. L'atelier était éclairé par une verrière immense percée dans le plafond en pente.

Le garçon avait la tête de qui a mal dormi et vient de se réveiller. Il se pose là, comme somnambule. Je me rappelai les paroles d'Aurora. Il n'était pourtant pas loin de midi.

Il avait retraversé la pièce après m'avoir ouvert pour aller s'installer sur le lit, genoux serrés contre la poitrine. Cela semblait comprimer tout l'espace dans la pièce. Je m'assis sur l'unique chaise. Le sommier était posé sur quatre briques. Un morceau de madras indien recouvrait le matelas. La chaise sur laquelle j'étais se trouvait devant un grand bureau contre le mur. Le fil d'un radiateur électrique serpentait sur le sol et s'arrêtait juste au-dessous de la prise. Il n'était pas branché.

La vaste pièce était baignée de lumière. La verrière laissait entrer le jour. Par les nuits d'été, on devait y voir la lune.

« Il n'y a aucune fenêtre donnant sur la rue ? fis-je.

— Oh, pas la peine, je sais très bien ce qu'il y a en bas », dit-il.

Je levai à nouveau les yeux vers le puits de lumière. La vue était infinie. À la verticale.

« Et là-haut, tu sais aussi ce qu'il y a ?

— Bien sûr. Un chien mort. »

Je fus légèrement désarçonné.

« Un chien ?

— À bord du premier Spoutnik. Il ne reste que les os. Des os de chien : voilà ce qu'il y a là-haut.

— C'est qui la fille ?

— Où ?

— À l'étage en dessous. Avec une terrible cicatrice sur le front.

— Ma propriétaire.

— Comment s'est-elle fait ça ? Dans un accident de voiture ?

— Non. C'est un trompettiste. Il l'a balancée à travers une pièce.

— Ah ?

— Un des meilleurs trompettistes noirs du pays.

— J'imagine qu'elle s'en est trouvée moins mal.

— C'est juste qu'il était bourré et qu'il s'est mis en rogne. Après il pleurait.

— C'est ce que nous faisons tous, non ? »

Il y eut un silence. Peut-être était-ce à cause de la lumière : grise et sans source apparente. Elle me bouleversait. Je finis par dire : « Ce doit être agréable de se réveiller sous cette immense verrière. »

Il sourit. C'était un faible sourire tordu. Il resserra l'étreinte autour de ses genoux. J'avais l'impression qu'il tentait de se replier, comme s'il avait voulu disparaître, se cacher dans une petite boîte. Le menton collé à la poitrine, il se mit à parler de la façon dont, chaque jour, il se réveillait.

À la lumière. Celle des cieux. L'oreiller était-il humide ?

Il sortait du sommeil comme d'une rencontre. Au terme de quel combat ? *Mano a mano.* La chambre contenait certains objets ; il était l'un d'eux.

Le voilà qui remuait à présent. Il fallait que j'observe ses mouvements. Là, sur ce lit. Le genou était monté sur une charnière, le bras dans une articulation, chacun de nous était, après tout, manipulable. Tous les matins, il faisait la même découverte. Il était le résultat d'un assemblage technologique mystérieux. Sans aucun doute. Va donc pisser, espèce d'imbécile.

Ses journées (son regard ne se posait pas sur moi, pas plus que sur ses genoux repliés) avaient un but. Parfaitement, monsieur. Et le premier fils de pute venu n'avait pas intérêt à dire qu'il n'était pas organisé. Prenez, par exemple, la détermination avec laquelle il descendait les trois étages jusqu'au vestibule de l'immeuble. L'assurance avec laquelle il posait la main sur la poignée de la porte d'entrée. Le dédain avec lequel il évitait de vérifier le contenu de la boîte aux lettres. N'importe quel abruti pouvait se faire avoir au petit jeu de la boîte aux lettres. Pas lui. Intact, bien dans sa peau d'homme, organisé, la braguette remontée comme n'importe quel citoyen qui se respecte, il sortait dans la rue.

Se réveiller était du gâteau.

Toc, un sourire. Toc, genoux serrés plus fort contre la poitrine. Et la pièce redevint silencieuse.

« Michael ?

— Oui.

— J'imagine que tu n'as pas d'argent ?

— Qu'est-ce que tu dis, là ?

— Eh bien, je me demandais si tu serais intéressé par un petit boulot.

— Un petit boulot ?

— Oui. »

Il me toisa. Je ne dirais pas avec une confiance totale. Quel genre de petit boulot ? Oh, il ne s'agissait pas de taper un manuscrit. Je le vis penser qu'il pouvait s'agir de cela. Je n'avais, à mon grand regret, pas le moindre manuscrit à taper. C'était autre chose que j'avais en tête, un petit boulot tout simple.

« Qu'est-ce qu'il faudrait faire ?

— Marcher. »

Il y avait certaines maisons à observer ; certaines rues à revisiter, des coins, des restaurants, des boutiques auxquels mon passé était attaché. Certains endroits où j'avais passé ma jeunesse, mais peut-être, à y regarder de plus près, n'avais-je pas été si jeune alors, c'étaient cependant des lieux et des paysages au sein desquels j'avais été plus jeune que je ne l'étais aujourd'hui.

« Marcher ?

— Oui. »

En fait il s'agissait de cheminer dans mon propre passé.

« Et tu veux me payer pour ça ?

— Ça prendrait sur ton temps.

— Mon temps. »

J'étais circonspect : je n'avais pas envie qu'il pense que je lui faisais la charité. Il m'en voudrait d'être charitable. Il se raidirait par fierté. Ou, du moins, le croyais-je. Car ce n'était que cela : la fierté, le venin de la fierté, qui se cachait derrière sa déclaration cavalière de l'autre soir au Pine Room ; il avait annoncé qu'il avait des envies de meurtre et que le premier imbécile venu ferait l'affaire. Ce qu'il fallait, c'était dépasser les défenses que dressait son humeur maussade. Montrer à ce garçon que malgré ce qui s'était passé à l'hôtel, quand je l'avais ignoré parce que je ployais moi-même sous le poids (étrangement allégé depuis que j'avais déposé ce baiser grotesque sur le ventre orné de bijoux de Soraya d'Istanbul) de cette chose qui m'oppressait, je ferais tout ce qui était en mon pouvoir pour l'aider. L'aider, oui, bien sûr. On avait si peu à donner. Il fallait toutefois reconnaître que, de ce point de vue, l'argent était plus souhaitable que les conseils.

Peut-être voulais-je, sans vraiment me l'avouer, que ce garçon s'attache à moi d'une façon ou d'une autre. Que s'établisse entre nous (à l'endroit même du *non sequitur*) une connexion d'un certain genre. Ce n'était pas que Michael éveillât en moi une quelconque fibre paternelle ; je n'aurais pas même pu dire honnêtement que je l'aimais bien ; je sentais simplement qu'il revêtait une importance irritante pour moi. Je me flattais sûrement, mais j'avais l'impression qu'après tout, j'avais peut-être quelque chose à lui apprendre, que si je ne possédais aucune richesse, j'étais cependant riche d'expériences, pas richissime, mais tout de même. Les générations, d'une certaine manière, entraient en contact. Nous n'avions tout de même pas passé une éternité à nous faire arnaquer dans un bouge de seconde zone pour finir, l'aube s'annonçant, par nous quitter bêtement. Nous ne pouvions pas partir comme ça. Après avoir payé un prix exorbitant pour un spectacle médiocre.

J'avais sorti mon portefeuille. Je posai cinquante dollars sur le vaste bureau. Les yeux du garçon se déplacèrent de l'argent au portefeuille. Je m'empressai de le remettre dans ma poche.

Sans doute allumait-il le chauffe-eau électrique lorsqu'ils étaient au lit ensemble. Durant les après-midi les plus froids. Lorsque, les bras chargés de livres de droit, elle gravissait l'escalier étroit.

Et pendant ce temps, le puits de lumière se découpait dans la pente du toit au-dessus d'eux.

« Alors, Michael, qu'en dis-tu ? Marché conclu ? »

Il se leva du lit. Ouvrit un tiroir dans le vaste bureau. En sortit ce qui ressemblait à une brochure.

« Tu peux les lire, si tu veux », dit-il.

C'étaient ses poèmes. Et sa façon de répondre que oui, le marché était conclu.

15

Votez pour Jose Fuentes disait une affiche placardée dans la vitrine de l'épicerie portoricaine. La rue était plus large que dans mon souvenir. Un immeuble de rapport décati : j'avais habité là. Michael leva un regard obéissant vers le bâtiment. La nuit, j'entendais les rats dans le plafond. Nous vivions au dernier étage. Quand était-ce ? En trente-six. Trente-sept. Nous partagions le loyer. Avec Willie Snow. Il était photographe. J'avais les deux pièces sur rue. Un jour, après un défilé du 1er-Mai, avec une fille nommée Viola, j'avais monté l'escalier. Une longue queue annelée, obscène, sans poils, pendait du monte-plats.

Un ivrogne. Sur la Deuxième Avenue. Vieux. Les mains tremblantes. Je lui donnai une cigarette. Il ne parvint pas à l'allumer à cause du vent. Il approcha ses mains en coupe autour des miennes et se pencha sur la flamme. Je sentis l'odeur d'alcool et de vomi séché. Michael patientait. Le vieux clochard tirait goulûment sur la cigarette. Ces salopards de nègres, disait-il, foutaient l'pays en l'air. Que l'Tout-Puissant vous bénisse. Le National Winter Garden avait disparu. À la buvette, Michael commanda une soupe d'orge. Les petits pains aux oignons étaient toujours là, eux, dans leurs paniers d'osier. On pouvait boire du café au lait servi dans des verres. Je me rendais dans cette buvette les dimanches matin. Tout le monde était pauvre. Michael hocha la tête. Un comique mince, au menton fuyant, était assis à la table à côté. Il revenait des studios de télé, ou peut-être était-il sur le point de s'y rendre. Ils en avaient installé là où autrefois se trouvait l'Ukrainian Hall. Je ne cessais de dire adieu aux choses. Le comique au menton fuyant allait ou venait de jouer dans une publicité pour la Jello. « Y a un grand saladier à punch, tu vois ? » Il parlait à une femme en manteau de daim. Elle portait des bottes. Tout le monde portait des bottes. « Sauf qu'il est plein de Jello, tu vois ? Je plonge ma louche dans la gelée et je verse ça dans un verre à vin. Je fais comme si je buvais. » Il joignit alors le geste à la parole. Gloup. Il avait une pomme d'Adam très proéminente. « Et là, je m'approche de la fille, tu vois ? Et j'lui dis : Vous avez goûté la Jello ? Quel punch ! T'as pigé ? » Nous terminâmes de déjeuner. Deux garçons se tenaient devant une boutique de confection. Tout était en solde. Ils portaient des instruments de musique. L'un d'eux était blanc. Ils regardaient les pulls à col roulé et les vestes croisées à carreaux. Le vendeur était sur le perron. Le garçon blanc avait un étui de trompette à la main. Il avait de longs cheveux noirs et bouclés et portait un caban. « Il m'a pas l'air d'un trompettiste, ton copain, fit le vendeur. On dirait plutôt qu'y vient de débarquer d'une barge à charbon. — Tout ce qu'il lui faut c'est un peu d'E.S.D. », dit le jeune Noir au vendeur. Il portait une paire de jeans et un chapeau à bord étroit et haut de tige. « E.S.D. ? » fit le vendeur. Il frappa du pied. « De l'Eau, du Savon et une Douche », répondit le garçon.

Le vent soufflait. Les repas avaient été depuis longtemps mâchés, avalés et digérés. Les appartements, loués, sous-loués, avec leurs chasses d'eau antédiluviennes, et hantés par des accouplements accomplis sur des lits depuis longtemps disparus. Le temps d'il y a longtemps. La météo du passé. Les menus de chefs aujourd'hui morts. Les courses de taxis qui avaient depuis fini à la casse. Des affaires autrefois exposées dans les vitrines de magasins qui n'existaient plus dans des rues nettoyées par des camions sanitaires flambant neufs. Votez pour Jose Fuentes.

Peut-être que pour Michael, qui marchait, mains dans les poches de son manteau, à mes côtés, cela s'apparentait à la visite non d'une ville, mais d'un entrepôt à l'abandon, un après-midi passé dans un immense garde-meuble, empli de tout et de rien, d'objets poussiéreux portant une étiquette et que personne, jamais, ne viendrait chercher. Je voyais qu'il pourrait ressentir les choses ainsi. Bon Dieu : dans quoi m'étais-je fourré, une histoire de résurrection ? Quoi qu'il en soit, j'avais besoin de susciter son intérêt. Je désirais qu'il voie non pas un immeuble de rapport décati, mais une continuité, un élément qui avait été là et qui devait forcément avoir laissé un dépôt d'un genre ou d'un autre. Un sédiment, un terreau. De l'autre côté de Broadway. À travers le parc. Une série de blocs en béton percés de fenêtres et pourvus d'œilletons dans les vestibules. Une fumée lente dans l'air. Une période de certitude suivie d'une période de guerre. Une période de guerre suivie d'une période de paix. Une période de paix suivie d'une période de. Ah, c'était là le hic. Ce moment ambigu. Dans lequel nous nous cherchions nous-mêmes. Fuyant le long des allées brillamment éclairées de supermarchés impeccables. Sur les genoux, dans une attitude de prière anxieuse, au beau milieu d'une casse automobile. Debout, les yeux embués, face au guichet du caissier, nous efforçant de nous rappeler ce que nous étions venus déposer à la banque. J'avais acheté l'attention du garçon. Son oreille contemporaine. Son empathie, fût-elle mercenaire. Tout en marchant, je le menais à travers les méandres d'une histoire de fantômes. Depuis le cataclysme économique (là, une banque fermée, un hiver de privations) jusqu'à une riposte militaire (7 décembre, Pearl Harbour et moi qui mange des œufs dans un bar minable avec la radio à fond au-dessus du toaster un dimanche matin) en passant par l'ambiguïté politique (moi, comme échantillon représentatif, l'Histoire avec un grand H comme concentrée en moi, dans ma calvitie débutante, mes prothèses dentaires, les semelles orthopédiques glissées furtivement dans mes chaussures). Les changements se répercutaient chez *le grand clochard**. Nous descendions Christopher Street.

Nous nous arrêtâmes, levâmes les yeux à nouveau. Un

après-midi d'été. Comment s'appelait-elle, déjà ? Dans la petite chambre sur cour à douze dollars le mois. Allongée là nue sur le lit de Guk, la femme du professeur. Et toi qui déboules sans penser à mal juste avec l'idée de trouver un peu de fraîcheur par cette journée de canicule. Et te voilà debout glacé par l'incongruité du moment avec ta chemise qui te colle ses gros seins aux tétons foncés le triangle de touffe noire et ton entrée si soudaine qu'elle en est surprise au-delà de toute pudeur ne se cache pas et toi tu vas vers elle sans dire un mot pas un mot échangé entre vous elle vient de s'enfuir son mariage ne fonctionne plus elle est amoureuse de Frank un ingénieur un ingénieur du génie civil et le professeur qui la cherche et Guk qui cherche Frank elle tenait une boutique de fil tout simplement c'était comme ça trente ans plus tôt elle vendait du fil juste là cette maison de Christopher Street un après-midi d'été et elle ne dit pas un mot et tu ne dis rien non plus un ventilateur tourne dans la chambre tu ne connais pas son nom elle ne demande pas le tien gros seins aux tétons foncés tu marches vers elle et tu t'assieds sur le lit est-ce un lit un sofa avec un drap jeté dessus un drap froissé par son corps à elle qui te regarde trop épuisée par la chaleur la fuite et toute cette émotion tu n'as jamais compris tu t'es assis tu t'es penché tu as embrassé le téton foncé posé la main sur le triangle de la touffe elle quittait le professeur elle était amoureuse de Frank Guk ne faisait rien d'autre que pleurer un après-midi d'été il faisait si chaud et tu es entré alors qu'elle dormait pas un mot la chaleur mon Dieu trente ans plus tôt là-haut cette fenêtre vers la droite c'était ta chambre à douze dollars par mois deux ans avant la guerre avant que tu divorces avant que tu te remaries avant que tu gagnes de l'argent avant que l'argent cesse de couler à flots avant d'avoir rampé hors des buissons loin de la fenêtre pour courir.

16

Cette nuit-là, je lus les poèmes de Michael.

Assis sous la lampe, à l'abri et au chaud dans ma chambre d'hôtel, je tournai les pages avec soin. Je ne voulais pas me précipiter. Après avoir terminé le fin volume, je relus tous les poèmes avec attention. Ils méritaient au moins cela, et j'avais entamé ma lecture en espérant qu'ils me fourniraient des indices concernant le garçon lui-même. Mais ce ne fut pas le cas, vraiment pas. Ce n'étaient pas des poèmes d'aveu ; plutôt des poèmes pour mettre au défi, ou pour célébrer certains objets. Toutes sortes d'objets qui avaient tendance, sous sa plume, à devenir phalliques.

La voix qui s'élevait, et j'en jugeais malgré ma connaissance limitée de la poésie contemporaine (comme tout le monde, je la lisais moins que je ne la respectais), me semblait sans originalité. Il imaginait sans doute se distinguer par l'usage du vocabulaire sexuel qu'il revendiquait comme sa marque de fabrique. Les anthologistes auraient bien du souci avec Michael. Assis là, un mince paquet de pages entre les mains, je pensais aux poèmes. Je ne les aimais pas. Mais alors que je pensais à eux, une chose curieuse se passa. Tout d'abord, je me retrouvai à hésiter dans le choix du mot le plus approprié pour les décrire : étaient-ils obscènes ? Mais alors même que je m'efforçais de leur appliquer ce terme, je constatai que, dans mon esprit, je l'utilisais pour signifier quelque chose qui se situait bien en deçà du censurable. Parfait alors, ils n'étaient pas obscènes. « Érotiques », peut-être ? « Érotique » était-il juste, puisque c'était cela que je voulais, le mot juste, pertinent ? Eh bien non. « Érotique » ne fonctionnait pas non plus. On avait l'habitude (en des temps plus innocents) de qualifier ainsi les ballades connues sous le nom d'*Indian Love Lyrics*, n'est-ce pas ? Érotiques, les reliures lâches et les illustrations en noir et blanc représentant de jeunes Anglaises émaciées les bras chargés de lys, au bord d'étangs solitaires. « Érotique » ne convenait décidément pas. Très bien. Et pourquoi pas « salaces », me dis-je, quelque peu désespéré et souhaitant pourtant trouver cette catégorie fuyante à laquelle les poèmes auraient pu se rattacher. Mais non, j'étais bien forcé d'admettre que j'étais à nouveau dans une impasse, car on percevait quelque chose d'abrasif dans la façon dont le sexe était évoqué. Je me penchai à nouveau sur les poèmes.

Le sexe dont Michael faisait l'apologie se déroulait dans un monde qui n'était pas tout à fait le mien : il paraissait plus destructeur, plus profondément empoisonné, carrelé comme un urinoir géant, pointé sur vous comme un revolver, un monde semblable à un fourgon à bestiaux des environs de Santa Fe bondé d'étalons filant vers leur perte, un monde qui produisait le vacarme assourdissant d'une moto lancée à pleine vitesse sur une piste de course, et qui glisse sur une flaque d'huile. Les poèmes étouffaient, lâchés qu'ils étaient, hurlés dans ce monde qui les démolissait. Je percevais qu'il voulait faire du sexe le seul bien inhérent à ce monde hors de contrôle. Mais le sexe ne parvenait pas, malgré ses efforts, à remplir la mission qu'il lui assignait. Ces pénétrations qu'il décrivait, ces grands enchevêtrements de jambes se déroulaient comme autant d'attaques de banques. L'intrusion avait lieu. Toutes les alarmes se déclenchaient. Les voitures de police démarraient en trombe. Ce qu'il désirait faire du sexe ne correspondait pas à ce que le sexe représentait pour moi. Il en faisait une affirmation. Avec lui, le sexe devenait la poésie d'un genre d'orgasme cosmique. La poussée véritable et unique de la vie. Il voulait faire du sexe une mythologie.

Et moi j'étais là, assis, à penser au sexe en tant que sexe et au sexe en tant que mythologie. Selon moi, le sexe en tant que sexe était plus ou moins semblable à un match de base-ball. On marquait, en effectuant un coup sûr, ou un double, ou encore un triple vers la gauche. On accomplissait un coup de circuit, ou on était éliminé sur une reprise de volée. On ratait un amorti ou on s'inclinait sur un *strike out*. Cela dépendait. Il arrivait qu'on soit heureux de sortir du nul avec une frappe solide. Si la chance était de votre côté et que vous bénéficiiez d'un mystérieux regain d'énergie, vlan, c'était le moment de nettoyer les bases. Cela dépendait. Je décidai que je n'aimais pas considérer le sexe comme une mythologie et que j'aimais encore moins la façon qu'avaient les poèmes de ce garçon de me pousser dans mes retranchements. Ces petits enfoirés. Ils vous forçaient, malgré vous, à vous sentir hypocrite. Ils polluaient l'air du pays par leur obscénité satirique. La débutante pudibonde débitait des chapelets de gros mots tandis que le juge solennel lisait à voix haute les passages incriminés devant des cours pleines à craquer. Je laissai tomber ses fichus poèmes et me mis au lit.

17

Je mentis. Autrement dit, je décidai de me montrer diplomate. Il attendait en bas. Je fus surpris par sa ponctualité. Cela ne lui ressemblait pas d'attacher de l'importance à cela. Il était pourtant là, rasé, peigné, installé dans l'un des grands fauteuils rouges de la réception. Comme s'il s'agissait d'un vrai travail.

« Bonjour. »

Il exécuta une figure alerte pour s'extirper du fauteuil. C'était légèrement agaçant. Il n'avait pas besoin de se montrer si alerte. Ni si prompt, parmi les femmes en surpoids et les chasseurs affairés, comme décidé à régler son compte à une horloge imaginaire. J'aurais pu être le patron débarquant dans un bureau resplendissant. Le « bonjour » qu'il m'adressa sonnait comme le salut matinal de tout un personnel assemblé face à moi.

Nous descendîmes prendre un petit déjeuner. Il commanda un chili. Mon Dieu. J'en frissonnai et demandai un œuf à la coque.

Lorsque le café arriva, je dis, l'air de rien : « J'ai lu tes poèmes hier soir.

— Ah ? »

Il avait une tache de sauce au coin de la bouche.

« Très intéressants. »

C'était ce que je pouvais faire de mieux : un mensonge politique. Il était parfaitement inutile de dire que je n'avais pas été absolument bouleversé. « Intéressant » était bien trouvé, neutre. C'était un mot derrière lequel chacun pouvait à tout moment masquer son hostilité.

Il me gratifia d'un de ses regards en coin, le plus énigmatique de tous ; mais il avait décidé, c'était clair, tout comme je l'avais fait moi-même, de ne pas parler davantage des poèmes. Il poussa toutefois jusqu'à arborer un air satisfait, heureux que je les aie trouvés intéressants. Nous nous mîmes à parler de l'itinéraire de la journée.

« Je me suis dit que nous pourrions sillonner Harlem.

— Harlem ? »

Il avait l'air surpris.

Je lui dis : « Tiens, essuie-toi la bouche.

— Pourquoi ?

— Tu as de la sauce de chili sur la joue. »

Je lui tendis une serviette. Il la regarda. Puis tira une langue interminable qui s'allongea avec détermination pour explorer le pourtour de sa bouche et lécher la tache de chili. Je reposai la serviette.

« Harlem ? répéta-t-il.

— Lower Harlem, au sud. C'est là que j'ai grandi.

— C'est en territoire ennemi.

— Le matin, ça ne craint rien, et je te parle de la 106e Rue.

— C'est là que tu as grandi, alors ?

— Si toutefois j'ai grandi. »

Il se leva. Nous étions sur le point d'être parachutés à Diên Biên Phu, pour le moins.

« Je devrais recevoir une prime de risque, dit-il, même si ce n'est que le Lower Harlem. »

Nous montâmes à bord d'un wagon de la ligne A. Là, comme dans mon souvenir, je vis ma tête décapitée par l'obscurité d'un tunnel. Nous longeâmes la 110e Rue. Il avait raison : ça sentait le territoire ennemi. La synagogue avait disparu ; le magasin de bonbons, considérablement délabré, était encore là. Depuis ces toits-terrasses qui s'étendaient à l'infini, goudronnés ou recouverts de gravillons, j'avais balancé des bouteilles de lait au cours de quelques guerres de rue aujourd'hui oubliées. De retour le soir venu, portant à l'épaule son sac empli d'outils, engoncé dans son col haut et raide, mon père apparaissait. Nous étions face au logis ancestral.

Depuis le perron, saisie par le froid, mâchonnant des graines de tournesol, debout sur ses jambes maigres de héron malade, chancelant légèrement sur ses hauts talons éculés, une fille nous regardait. Les cheveux électrifiés. Elle ne souriait pas. Elle ignora Michael. Il n'était que le poisson-pilote. Elle dit (parce que je m'étais arrêté, parce que je regardais vers le ciel) : « Tu cherches quèque chose, mon joli ? » Tout à fait. Là-haut. Un garçon à présent disparu. Qui, sous une grande couverture, priait pendant que sa mère, dans la pièce à côté, hurlait. Qui, les mains chargées du butin brûlant d'un larcin (l'argent avait été divisé, réparti en quatre parts, une pour chaque brigand), se penchait sur le tapis de l'escalier pour enfouir son magot dessous. Qui, contrairement à son père, ne rentrerait pas à la tombée du jour, las et usé par le poids de son sac d'outils sur l'épaule. Ainsi en avait-il décidé, ce garçon, longtemps auparavant, à l'aube de sa vie. Sur le perron, la fille cracha les écorces de graines de tournesol. Les rats qu'ils avaient ici étaient plus gros, songeai-je, leur crasse plus inégale. Elle changea de position. Ses bas faisaient des poches aux genoux. Elle dit : « Alors, c'est quoi qu'tu veux, hein ? », querelleuse à présent. Elle se déplaça à nouveau, vers nous cette fois, et toute la noirceur contenue dans les souvenirs sembla avancer avec elle. Les couloirs menaçants, les caves aigries, les escaliers hostiles. Michael avait raison : même au sud, Harlem était un territoire ennemi. Je pris la fuite.

Des fourgons sur des barges. Un lourd cargo, déchirant les eaux de son étrave, glissait sur la rivière en direction de la baie. À présent la ville paraissait plus sûre.

Michael se pencha par-dessus le garde-corps. Il ruminait, le regard plongé dans les eaux municipales. Une écume blanche et lente vint se briser sur la coque d'une péniche-citerne emplie de pétrole.

Vingt-six ans, pensai-je : sortant des entrailles de sa mère alors que je partais pour l'armée. Ses jouets, mes armes. Que pensait-il, lui ? Et eux tous, que pensaient-ils ? Il était penché, sombre, sur la rivière hivernale. Autrefois, j'avais passé une semaine chez Tante Dora. Je me souvenais de la mère de Michael : une fille aux longues jambes, au long cou, au long nez. Elle flirtait alors. Le flirt avait lieu dans le salon. Il consistait principalement à l'époque en bécotage interminable, elle, assise sur les genoux du type. Elle et son galant, le représentant de commerce qui deviendrait un jour le père du garçon, avaient émergé du salon au bout d'un moment. Je me rappelais le rouge à lèvres étalé autour de sa bouche, l'aspect érotique que revêtait soudain son tricot de peau à lui. Michael était le résultat de tout ce bécotage. Je le regardai à nouveau. Étrangement, je conservais dans ma mémoire le souvenir très vif de ses parents, tandis que lui, penché là, semblait orphelin. L'enfant de circonstances différentes. Il sentit mon regard sur lui. Se tourna, me surprit en train de le fixer, sourit. Je vis alors combien ce sourire le changeait. L'espion qu'il était parfois s'évanouissait. Il était presque charmeur lorsqu'il souriait.

Je dis, curieux à présent : « Cela fait combien de temps que tu es parti de chez toi, Michael ? »

Et, tout en posant cette question, je me rendis compte que la vraie réponse aurait pu être : dès l'instant de sa naissance. Mais il avait traîné un peu, apparemment. « Dix ans », répondit-il, ce qui signifiait qu'il avait quitté le domicile parental à seize ans. C'était soit assez tôt, soit assez tard, je n'aurais su dire. J'imaginais que ses parents, ayant formé d'autres vœux pour lui, avaient dû désapprouver violemment. Eh bien, objecta-t-il, pas vraiment. Il ne leur avait rien dit. Il avait seize ans et, un matin, c'était au printemps, il était parti. Comme ça. Sans prévenir. Sans tirer outre mesure sur le cordon d'argent. Sans recevoir la bénédiction d'un père, ou sa malédiction. Il s'était contenté, me confia-t-il, de prendre le métro vers le centre-ville. Un au revoir qui ne le menait que d'un quartier à l'autre. Cette nuit-là, il avait dormi dans la gare de Grand Central. Somptueux asile de nuit. Juste assez transitoire pour lui plaire. La nuit d'après, grâce à une petite somme d'argent qu'il avait gagnée lors d'un concours d'écriture au lycée et économisée, il avait emménagé dans un garni. Ce n'était pas exactement sur le Bowery, mais juste à côté, m'expliqua-t-il. Et ce n'était pas non plus une chambre dans laquelle il s'était installé ; disons plutôt, un cageot à fruits tapissé d'un papier peint fascinant. Il n'avait pas pris le temps, lors de ce départ irrévocable, d'emporter un pyjama. Il me sourit.

« C'était écrit sur le mur, dit-il, prochain arrêt : Freedomsville, la liberté. »

Il s'était donc mis au lit. Saperlipopette. Ça sautait de partout à Freedomsville. Il s'était levé pour rallumer la lumière, le matelas en était constellé. Des punaises de lit : toute une armée. Quelqu'un avait sonné le rappel. Debout, les bras ballants, il avait dit, à rien en particulier et à tout en général : « Ce sont les bêtes du Bronx, mon lapin. » Il avait mis la main sur un rouleau de ficelle, avait attaché les bas de son pantalon et les poignets de sa chemise. Bien serré. Puis il s'était remis au lit, était reparti au combat. « Très bien, avait-il dit dans l'obscurité, à rien en particulier et à tout en général, piquez-moi tant que vous voudrez, bande de gnoufs, je ne rentrerai pas chez mes vieux. » Et il avait tenu promesse. Au matin, il avait balancé son matelas par la fenêtre. Freedomsville.

Oh, bien sûr, il avait travaillé. Fallait pas que je croie que ça (cet accompagnement dont il me gratifiait), c'était son premier petit boulot. Non monsieur. Il avait gagné sa croûte à la sueur de son comqu'ondit. Son comqu'ondit avait été engagé dans l'entrepôt d'un grossiste en livres puissant et réputé. Pour une période qui, mesurée à l'aune de l'ennui ressenti, avait duré éternellement. C'est-à-dire quatre mois. Mais c'est à ce moment-là qu'il avait confectionné l'écharpe.

« Une écharpe ? Pour quoi faire ?

— Tu sais, comme les holsters qu'ont les voyous sous leur manteau. »

Je hochai la tête.

Bref : le patron (un salopard couvert d'acné qui travaillait avec lui dans l'entrepôt avait dû flairer la combine et cafter) l'avait pris la main dans le sac. Il avait presque atteint la porte pourtant, soupira-t-il. Le livre bien positionné dans l'écharpe était parfaitement dissimulé.

« C'était quoi comme livre ?

— *Merlin l'Enchanteur*.

— Vraiment ?

— Une belle édition. »

Je fronçai les sourcils. *Merlin l'Enchanteur* ? Cela me semblait un peu étrange de voler ce livre-là.

« Rimbaud l'avait lu », précisa-t-il. Voilà que je me retrouvais à nouveau dans la chambre d'hôtel, où l'on me tendait, une fois encore, aussi précieux que le linge de Pasternak, un article inestimable. Rimbaud l'avait lu. Mazette.

« Vraiment, fis-je. Formidable.

— À Charleville. »

Fascinant. À Charleville. Cela se situait sur une carte privée. Un atlas où ne figuraient que les endroits sacrés.

Je dis : « Rimbaud aussi s'était confectionné une écharpe ? »

Il secoua la tête. Mon ironie tombait à plat. « L'écharpe, c'était mon truc à moi », dit-il.

Dix ans. Je baissai les yeux vers la rivière. Sur le pont

d'une barge à pétrole amarrée, un homme en caban apparut ; il récurait une poêle à frire. Dix ans plus tôt j'avais mis fin à un premier mariage pour en célébrer un deuxième, dont dix ans après, j'avais été expulsé. La rivière s'écoulait, comme le temps. Mais tout cela ne me disait pas pourquoi il s'était encombré, lui, mais aussi Rimbaud, d'un ouvrage comme *Merlin l'Enchanteur*. À moins que l'un ou l'autre, ou les deux, aient eu le projet d'en tirer une comédie musicale.

« Merlin avait une épouse, dit le garçon, patient. Elle s'appelait Viviane.

— Ah oui ?

— Et durant leur nuit de noces, ils avaient lu un livre de magie. »

J'attendais la suite.

Il y avait forcément un dénouement. Quelque chose allait sortir du chapeau du sorcier.

« Et alors ? »

Pas de dénouement. Il avait dit ce qu'il avait à dire. Ils étaient allés voir les chutes du Niagara. Le magicien et la jolie fille. Leur bouquin sous le bras. Dans une allée à l'écart, ils l'avaient lu ensemble. Dans leur couche nuptiale. Les têtes se joignaient dans l'ombre. Je voyais le livre comme si j'y étais. Ils l'ouvraient doucement. La magie s'y trouvait enclose. Et tous les grands sortilèges. Je comprenais.

Nous quittâmes la rivière. L'après-midi touchait à sa fin. Une fois dans le bus qui traversait la ville, je finis par lui poser la question. Elle m'avait trotté dans l'esprit tout au long de la journée. Bien sûr, je m'étais demandé pourquoi. Pourquoi lui poser cette question. Quoi qu'il arrive, le muezzin appelait les fidèles depuis sa tour et nous accomplissions notre génuflexion, tournés vers la cité des jeunes filles. Peut-être était-ce là une raison suffisante : on répondait à un appel. Mais j'avais besoin de son consentement. À présent que je me remémore cet instant, dans le bus, je ne puis affirmer qu'il ait dit non, mais il ne dit pas oui non plus. Pas un oui franc et massif. Ce qu'il dit en fait, de façon assez énigmatique, lorsque je lui demandai enfin si ça ne le dérangerait pas que je voie Aurora un de ces jours (voir étant le mot juste, suffisamment neutre), fut : « Il n'y a qu'une seule cuiller », comme si je m'étais invité à dîner et qu'il n'y avait eu sur la table qu'un grand plat familial. Puis il se détourna pour regarder la ville, arborant non le sourire enfantin plein de dents blanches que j'avais apprécié au bord de la rivière, mais cet autre rictus qui le caractérisait, celui qui faisait pencher sa bouche d'un côté, alourdissait ses paupières et lui donnait à nouveau l'air d'un espion.

18

Assis dans le parc, j'attendais Aurora. Il était deux heures moins dix. Elle devait arriver à deux heures. Le ciel était couvert. Un pigeon se pavanait à quelques pas de moi. Il n'y avait pas d'enfants sur l'aire de jeux. Dans la rue, devant les bâtiments de l'administration de l'université, une grue, peinte en jaune, élevait une cabine galvanisée vers le toit de l'immeuble. Une fille vêtue d'une cape passa devant moi. Quelqu'un avait pénétré sur l'aire de jeux et se balançait sur la balançoire. Mais ce n'était pas un enfant. Les pigeons s'élançaient d'un arbre dénudé à l'autre.

Assis dans le parc à attendre Aurora, pas vraiment certain que j'aurais dû être là à l'attendre, je me mis à penser à ce qui s'était passé pour que je me marie une deuxième fois. On se marie une première fois. Au bout de dix ans, on est convaincu que le mariage était une erreur. Alors on se remarie. Et au bout de dix ans, ce mariage-là, lui aussi, vous apparaît comme une erreur. En gros, ce qui finissait par manquer dans une vie, ce n'étaient pas les erreurs, mais le nombre d'années suffisant pour les commettre.

Je vivais à l'époque dans un immeuble qui s'appelait les Cheshire Towers, les Tours de Cheshire, et, d'ailleurs, il possédait des tours. Tout en haut. Façon remparts. Un genre de forteresse en fait. Ma première femme (elle avait peu de réalité pour moi aujourd'hui : la pension alimentaire que je lui versais était un peu plus tangible que le souvenir que je conservais d'elle) avait été une créature sombre et élancée. Elle se considérait comme une actrice. Nous n'avions pas d'enfants.

Je m'arrangeais, semblait-il, pour épouser des femmes qui, pour une raison ou une autre, préféraient ne pas avoir d'enfants ou ne pouvaient pas en avoir. Ma première femme n'en voulait pas car elle était toujours sur le point de faire carrière dans le théâtre, ce qui, bien sûr, n'arriva jamais. Ma deuxième femme, alors qu'elle n'avait pas la moindre ambition théâtrale, se révéla mystérieusement stérile. Les deux unions avaient donc en commun cette belle absence de fécondité. Il serait toutefois faux de prétendre que j'étais moi-même habité par le désir féroce d'avoir des enfants. S'ils avaient pointé le bout de leur nez, pas de problème ; mais ce ne fut pas le cas pour les motifs cités plus haut. Il est également possible que ma propre indifférence ait contribué à l'étrange stérilité de mes deux mariages. Quoi qu'il en soit : vingt ans, et rien au bout.

À l'époque des Cheshire Towers, ma première femme, à mesure que ses aspirations théâtrales flétrissaient dans l'insatisfaction, se mit à détester sortir. Nous habitions un étage élevé, nous avions une jolie vue sur la rivière et la raison psychologique pour laquelle elle trouvait de plus en plus désagréable de sortir (et pour finir, presque impossible) était relativement simple : en bas elle ne rencontrerait que la déception. Elle errait donc dans l'appartement, vêtue de costumes variés, et buvait du vin blanc. Il est inutile de chercher à évaluer combien de litres de vin blanc buvait ma première femme, ni combien d'après-midi longs et vagues elle passa à déambuler dans l'appartement, marquant une pause, de temps à autre, pour contempler d'un air morose et distrait la rivière coulant en contrebas. La chose importante à savoir, en revanche, c'est que je me mis à craindre de rentrer chez moi. Je me mis à redouter la tombée du jour et l'avancée des aiguilles qui nous rapprochait de l'heure du dîner. Toutefois, quand on est marié, pour des raisons incompréhensibles pour n'importe qui d'autre, on reste marié. On continue. Comme si on s'acheminait vers un but. J'ai cessé de l'implorer. De dissimuler les bouteilles de vin. D'acheter des billets pour des soirées de première dans l'espoir de l'attirer dehors. J'ai mis fin à toute cette mascarade thérapeutique. Franchement, à ce stade, si elle s'était penchée un peu trop à la fenêtre par un après-midi d'été j'aurais peut-être hésité, oh, une fraction de seconde, pas plus, à me précipiter vers elle pour la retenir et éviter la chute. Et pourtant, pourtant, je l'avais aimée autrefois. Un rocher plat dans les bois, le soleil qui filtrait à travers les aiguilles de pin, je l'avais aimée autrefois.

Ma deuxième femme était, à l'époque, l'exact opposé de la première : blonde, énergique, autonome. Elle possédait, tenait et gérait avec un certain succès d'ailleurs, car c'était une sacrément bonne femme d'affaires, une boutique de cadeaux qu'elle avait baptisée *gift shoppe* ; avec le « p » en plus et le « e » final nécessaires à… la touche de chichi nécessaire. C'était le genre d'endroit où, quand on n'avait plus besoin de rien, on pouvait acheter des articles comme une pince à épiler en plaqué or, ou d'autres babioles dans ce style. Quant à moi, l'idée d'une femme qui savait prendre soin d'elle, qui se montrait juste assez indépendante pour plaire, comme on dit, et ne s'écroulait pas les lundis et les vendredis derrière un rideau de larmes aveuglantes et auto-destructrices, m'apparaissait, à ce moment, comme la définition même de ce qu'il me fallait. Quelqu'un que je n'aurais pas à soutenir constamment, à réconforter, à tirer des allées sombres de la dépression. Quelqu'un que je n'aurais pas à soigner, quelqu'un que je n'aurais pas besoin de faire vomir sans savoir si le nombre de comprimés avalés correspondait ou non à une overdose, quelqu'un que je n'aurais pas à flatter jusqu'à me mettre les nerfs en pelote ou en lambeaux.

Bref, il était là, flagrant, le contraste irrésistible. Et c'était une affaire, aucun doute là-dessus. Elle me donnait l'impression que j'étais un véritable étalon. Le sexe avec elle, comme les pinces à épiler vendues dans sa boutique, était un article de luxe. Je commençais à m'imaginer que je m'étais encore mieux débrouillé que je ne le pensais. De son côté elle m'encensait, bien sûr, concernant mes propres capacités. Par ailleurs, j'accomplis un effort réel, sous son impulsion, pour mettre la dernière main aux travaux incomplets qui traînaient sur mon bureau, et puis, un jour, elle décida d'emménager aux Cheshire Towers.

Trois étages plus bas. Très commode. Je sortais presque tous les soirs pour une promenade nocturne assez longue en quête d'un hypothétique paquet de cigarettes. Tu parles d'une quête : elle criait de plaisir et, de mon côté, je n'avais même plus à courir.

Durant la même période – ma chance est cyclique, ma malchance l'est aussi – je décrochai mon premier boulot pour Hollywood. J'allais devoir déménager sur la côte Ouest. Ma première femme était, cette fois, bien obligée de quitter l'appartement. Ma deuxième femme vendit en un clin d'œil son *gift shoppe* à l'orthographe chichiteuse. Je lui payai un billet de première sur la ligne de son choix. J'étais sur le point de m'envoler vers la contrée des avocats éternels quand ma première femme décida qu'elle refusait de mettre en danger la carrière qu'elle n'avait pas en confiant son corps aux aléas d'un Boeing à réaction, si bien que nous changeâmes nos plans et voyageâmes en train. Ma deuxième femme décida de son côté que me laisser en tête à tête quatre jours dans un compartiment de première avec mon épouse légitime constituait un risque qu'elle ne souhaitait pas prendre, si bien qu'elle se fit rembourser illico son billet de première sur la ligne aérienne de son choix et se paya un compartiment solo, à bord du même train, le Superchief, aussi connu sous le nom de « train des stars », empochant, bien entendu, la différence substantielle, et nous roulâmes de conserve dans la joie sur fond de bruit de ferraille vers un avenir brillant et, comme disait l'autre, orgiastique. La ville, lorsque nous y arrivâmes, dans ces années de l'immédiat après-guerre, était bien différente de ce qu'elle est aujourd'hui : les banques n'étaient pas collées les unes aux autres, mais séparées, comme il se doit, par un ou deux pâtés de maisons. Nous nous installâmes tous les trois dans le même hôtel. Au bout de quelques jours, ma première femme remarqua que la blonde énergique qui avait emménagé quelque temps plus tôt aux Cheshire Towers et la blonde énergique qui se trouvait dans le même hôtel que celui où nous logions affichaient une ressemblance stupéfiante, et elle cessa quelques jours de téter sa bouteille afin de confirmer ses soupçons. Elle les confirma. Ou du moins, lors d'une nuit riche en pleurs, en accusations et contre-accusations, nuit au cours de laquelle je découvris la ferme conviction qu'elle avait que sans ma présence néfaste, son nom aurait brillé depuis longtemps au firmament des étoiles de Broadway, je les confirmai pour elle. Nous décidâmes de divorcer. Je déménageai. Ou plutôt, je fis ma valise, refermai la porte de la chambre et allai m'installer deux étages plus haut. Ma deuxième femme était deux étages plus haut. Elle se montra très compréhensive. Je pleurai un peu : dix ans partis en fumée, etc. Je dormis dans le lit jumeau ce soir-là. Et je gardai cette habitude, d'ailleurs. Un genre de geste commémoratif, j'imagine.

Nous nous mariâmes à Tijuana. Ma première femme regagna New York. Je me rendis compte un jour qu'avec tout ce que je lui avais payé en pension au fil des années, j'aurais pu m'offrir un yacht et voguer vers Tahiti, si toutefois j'avais su piloter un yacht et avais eu le moindre désir d'aller à Tahiti.

Les pigeons volaient en rase-mottes à fleur d'herbe sèche. Il était deux heures. Vêtue d'un pantalon large, façon marin, une fille passa. Ses cheveux étaient coupés net en une frange noire qui traçait une ligne juste au-dessus de ses sourcils. Elle s'arrêta pour parler à un garçon. C'étaient deux étudiants. Le garçon avait une veste avec un col molletonné. Ils étaient au bout de l'allée, près du feu tricolore. Je n'avais aucune idée de ce qu'ils pouvaient se dire. Elle riait. Le garçon portait des lunettes. Le feu changea de couleur et ils traversèrent la rue ensemble. La grue élevait une nouvelle cabine galvanisée au sommet du bâtiment qui abritait l'université. Se hâtant vers moi, dans son manteau de fourrure, serrant ses livres de droit sous son bras, Aurora déboula.

19

« Donc, le type entre dans la boucherie.

— Quel type ?

— Un type.

— Pourquoi il entre ?

— Tu peux m'écouter un peu, bon sang ?
— Mais j'écoute, Asher. J'écoute attentivement.
— Le type entre dans la boucherie.
— Où ça ?
— Où ça quoi ?
— Où elle est la boucherie ?
— La vache, c'est un calvaire de te raconter une blague.
— Ah, c'est une blague, Asher ?
— Disons que c'était l'idée. Mais maintenant, je ne sais pas si on va arriver au bout.
— Demande à Charlie s'il peut m'en servir un autre.
— La même chose ? Personne à part une fille de vingt-deux ans en ultra minijupe ne pourrait avaler un truc pareil.
— Ce n'est pas une minijupe. C'est un fourreau et il est sublime.
— Comment il s'appelle, ton cocktail ?
— Je l'ai inventé, mais je ne lui ai pas donné de nom.
— Charlie ?
— Oui, monsieur.
— Voulez-vous bien apporter à mademoiselle un autre de ces trucs qu'elle a inventés ?
— Oui, monsieur. »

J'observais, fasciné. Nous étions dans un bar qui s'appelait Chez Silvio. Aurora connaissait l'endroit. C'était un repaire d'acteurs. Au fond, sous une lampe de bureau, Silvio rédigeait les fiches de paie. Un grand registre était ouvert face à lui. Il y avait des photos aux murs, des portraits de célébrités, dont certaines que j'avais croisées, il y avait aussi un jukebox, et à quatre heures de l'après-midi, la salle était déserte à l'exception d'Aurora, de moi, du barman et de Silvio au fond qui notait on ne sait quoi dans son registre avec un stylo bille. Le fourreau que portait Aurora était en jersey jaune et le truc qu'elle buvait, prétendait avoir inventé et m'avait demandé de commander à nouveau, était en train d'être préparé par Charlie. Il lui en avait déjà confectionné deux. Il commença par sortir une bouteille de lait de dessous le bar et d'en verser comme on le lui avait indiqué environ quatre doigts dans un verre. Puis il prit une longue bouteille au goulot étroit, du Galiano, et en versa un doigt dans le lait. Il reboucha le Galiano, le reposa sur l'étagère et se saisit d'une bouteille carrée emplie de crème de menthe. Il en versa un doigt dans la mixture de lait et de Galiano. Les mesures n'étaient pas précises. Aurora se contentait de dire « environ ça » en plissant les yeux et en approchant son pouce de son index. Elle était assez désinvolte pour ce qui était de la crème de menthe. Elle avait inventé cette boisson, disait-elle, parce qu'on était à l'âge de l'invention et qu'à vingt-deux ans, elle n'avait encore rien inventé. La crème de menthe fut suivie par, j'en frémis d'horreur, un soupçon de Kahlua. Puis Charlie versa le contenu du verre dans un mixeur, avec de la glace.

« Dieu du ciel, dis-je. Pas étonnant que ce machin n'ait pas de nom. »

Charlie sourit.

« Et si on lui donnait un nom, Charlie ? proposa Aurora.

— Franchement, mademoiselle, même avec un nom, personne n'y croirait. »

Il versa le cocktail dans un verre à pied. Aurora en but une gorgée.

« Merveilleux, fit-elle. N'est-ce pas que je suis bonne en inventions ?

— Pour sûr, mademoiselle. »

Elle me regarda. Elle était fière de sa trouvaille.

« Alors, reprit-elle, le type entre dans la boucherie, et ?

— Tu veux vraiment connaître la suite de la blague ?

— Bien sûr.

— Bon. Il entre dans la boucherie et il voit deux étiquettes de prix. Sur l'une est écrit : cervelle d'auteur, dix-neuf cents la livre. Sur l'autre, on lit : cervelle de producteur, soixante-dix cents la livre.

— Vraiment ? »

J'attendis. Elle but une gorgée de sa boisson.

« Là, tu es censée me demander, fis-je patiemment, pourquoi la cervelle de producteur coûte soixante-dix cents, alors que la cervelle d'auteur ne coûte que dix-neuf cents.

— Ah bon ?

— Mais si c'est trop te demander…

— Pas du tout, Asher. Celui-ci est vraiment très réussi, glissa-t-elle à Charlie. C'est quand je te pose la question que ça devient une blague ?

— Oui, répondis-je. En général, ça marche comme ça au pays.

— Quel pays ?

— Là d'où je viens.

— J'adore la côte Ouest. Tu m'emmèneras là-bas un jour, Asher ?

— Avec plaisir.

— Il y a des avocatiers qui poussent là-bas, n'est-ce pas ?

— Oui.

— Est-ce que c'est différent, Asher, à l'ombre d'un avocatier ?

— Je n'en sais foutre rien. »

Elle réfléchit un moment.

« Et mon manteau de fourrure ?

— Qu'est-ce qu'il a, ton manteau de fourrure ?

— Je ne pourrai pas le porter, là-bas, si ? Je veux dire, le climat est subtropical, ou quelque chose comme ça, non ?

— Oui.

— Mais sans mon manteau de fourrure, je ne suis rien, s'alarma Aurora. Oh, mon Dieu, Asher, tu ne coucheras jamais avec moi sous un avocatier. »

Je me sentis rougir. À peine.

« J'en planterai un.

— Où ça ?

— Dans ma chambre d'hôtel. »

Elle retrouva le sourire.

« Asher, fit-elle, c'est quasiment une invention.

— Et si je te racontais la fin de ma blague ? Tu te sens prête ?

— Désolée, mon chéri. J'étais censée demander, c'est ça, pourquoi la cervelle de producteur coûte soixante-dix cents la livre, alors que la cervelle d'auteur ne coûte que dix-neuf cents ?

— Eh bien, répond le boucher, savez-vous combien de producteurs on doit tuer pour obtenir une livre de cervelle ? »

Aurora éclata de rire.

Je me sentis gratifié par son rire et par le fait que ma blague, malgré les aléas de la narration, ait été un succès.

« Tu avais une grande maison, en Californie ? demanda-t-elle.

— Oui.

— Et une femme ?

— Et une femme.

— Que tu n'as plus ?

— Que je n'ai plus.

— Pauvre Asher.

— Je n'ai pas l'impression d'inspirer la pitié.

— Pourquoi ?

— Parce que je suis en bonne compagnie, j'imagine.

— Ta femme sait que tu es à New York ?

— Non. Je suis parti sur un coup de tête.

— En plein milieu de la nuit ?

— Pour ainsi dire.

— Tu lui as écrit un mot ?

— Non.

— Tu comptes le faire ?

— Non.

— Tu vas faire quoi, alors ?

— Me cacher.

— Pour toujours ?

— Plus longtemps que ça.

— Où ?

— Dans un trou. Comme une taupe.

— Elle va se faire du souci, non ?

— Qu'elle s'en fasse, je m'en fiche.

— Donne-moi quatre pièces de vingt-cinq cents, Asher. »

Je les lui donnai.

Elle descendit du tabouret de bar et gagna le jukebox. Je la regardai faire. Le manteau de fourrure était posé sur un autre tabouret. C'était époustouflant ce qu'un petit fourreau de rien du tout pouvait faire pour les filles comme elle, surtout de dos. Elles avançaient vers vous et n'avaient l'air de rien, un peu engoncées, presque timides, et puis soudain, elles se retournaient, s'éloignaient de vous et offraient alors un spectacle qui justifiait à lui seul le fait que ces petits bouts de tissu fussent pendus dans toutes les vitrines de la ville. Je bus mon scotch. Elle se tenait face au jukebox, son verre de cocktail à la main, étudiant la sélection proposée. Elle sourit imperceptiblement et introduisit les pièces dans la fente avant d'appuyer sur les boutons blancs. Elle revint vers le bar. L'appareil rougeoyait, le disque sortit de la pile et se plaqua sur la platine, le bras se déplaça jusqu'au sillon. Musique. Elle vint se rasseoir, me regarda par-dessus le rebord de son verre et je lui demandai pourquoi elle souriait et pourquoi ce sourire paraissait un rien moqueur. Puis j'entendis la musique. Sinatra chantait. Je compris le choix qu'elle avait effectué et programmé sur la machine multicolore.

« Espèce d'ordure, dis-je.

— Qu'est-ce que j'ai fait ? »

Elle écarquillait les yeux.

Sinatra chantait *September of My Years*. Les paroles de la chanson évoquaient le chaud mois de septembre et l'automne de la vie.

« Pas si chaud que ça, et encore moins les mois d'après, dis-je en me tournant vers le bar pour commander. Un autre scotch, Charlie !

— Tu es vexé ? »

Je l'étais. Je n'aurais pas dû. Rien qu'une chanson sur le temps qui passe. Mais elle l'avait fait si résolument.

« Je t'ai raconté une blague. Tu as voulu m'en faire une à ton tour. »

Elle avait l'air désolé.

« Oh, s'il te plaît. Tu trouves ça méchant ?

— Laisse tomber.

— Sinatra a le même âge que toi.

— Et moi j'aimerais avoir le tien.

— Pourquoi ?

— Pour pouvoir porter des bottes blanches et un fourreau comme ça.

— Il te plaît ?

— C'est un bout de tissu drôlement trompeur.

— Trompeur ?

— Depuis la poupe.

— Eh ben, tu vois ? Tu n'es pas si vieux.

— Que penses-tu de moi ?

— Comment ça ?

— Simple question.

— Tu es un sale type, un sale type lubrique.

— Quoi ?

— À regarder les filles depuis la poupe.

— La poupe est belle.

— Tu dis ça à tous les bateaux, pas vrai ?

— Et Michael, qu'est-ce qu'il pense de moi ?

— Michael ?

— Notre poète.

— Tu as lu ses poèmes ?

— Oui.

— Ah.

— Alors, qu'est-ce qu'il pense de moi ?

— Michael pense que tu es un pauvre type.

— C'est gentil.

— Ne le prends pas mal. Michael pense que le monde est divisé en deux parties, les pauvres types et...

— Et quoi ?

— Rien. Entre les pauvres types et les pauvres types. Il ne s'exclut pas du lot.

— Il devrait se trouver un travail.

— Mais il a un travail. Il arpente les rues de New York avec toi, non ?

— C'est vrai. Charlie, l'addition ! »

Je n'entendis jamais les autres titres qu'elle avait sélectionnés dans le jukebox.

20

Je pris un bain. Elle entra dans la salle de bains en croquant dans une pomme et s'assit sur le rebord de la baignoire.

« À quoi tu penses ?

— Aux poèmes de Michael. Certains parlent de toi, non ?

— Mouais.

— Amusant.

— Pourquoi ?

— Ils sont sacrément explicites.

— Oui, tu as vu ?

— En tout cas il ne recule devant aucune trivialité. Une vraie collection d'argot anglo-saxon.

— Michael affirme que tout vient directement du Bronx.

— Moi je trouve ça surtout un peu idiot.

— Pourquoi ?

— Je ne sais pas. À cause de l'insistance, j'imagine. Comme s'il y avait un genre de vérité pornographique à défendre.

— Et alors ?

— Alors quoi ?

— Quel est le problème avec la vérité pornographique ? »

J'étais irrité.

« Oh, par pitié, Aurora, dis-je. Ce n'est pas public à ce point. Ne me dis pas que tu coucherais avec Michael en pleine gare de Grand Central à l'heure de pointe, le jour de Noël ?

— Le jour de Noël ? À l'heure de pointe ? Non. »

Elle quitta la salle de bains.

Je sortis de la baignoire, me séchai et passai mon kimono. Un coup de peigne. Sur l'arrière du crâne le gris était très visible.

Elle était pelotonnée à un bout du canapé. Elle avait mon album entre les mains. Regardait les photos.

Les photos représentaient tous les personnages que j'avais été. Ou que je m'étais figuré être. Je me penchai sur son épaule.

« C'est toi à l'armée ?

— Oui.

— Où est-ce ?

— À Pompéi. »

J'étais accroupi. Mendenhall à côté de moi. La Maison des Vettii, je crois que c'était comme ça qu'elle s'appelait, apparaissait en arrière-plan. J'étais très bronzé, très mince. Je me rappelais vaguement le photographe, un petit homme rabougri qui disait : *Ridi, Signore, ridi !* Parce que j'avais l'air sinistre. Après la guerre, Mendenhall vendait du matériel agricole pour la compagnie International Harvester.

« Et là ?

— C'est à Palm Springs. »

Une montagne. Une décapotable blanche. Moi, en pantalon chic. Un peu plus costaud. Moins bronzé. Moins sinistre.

« Et ça, c'est la femme que tu as épousée ?

— Oui. »

Elle plissa les yeux en examinant l'image. Prit son sac, en tira ses lunettes, les chaussa. Elle ne voulait rater aucun détail.

Ma femme était blonde, petite, la bouche serrée. Elle portait un tablier folklorique d'inspiration bavaroise. Elle savait tenir une maison.

« Elle ne me plaît pas.

— À moi non plus.

— Pourquoi tu t'es marié avec elle ?

— Oh, c'était une salope, mais très compétente dans son genre.

— C'était ta deuxième femme, non ?

— Je fais toujours tout deux fois. »

Elle tourna la page.
« Le Japon !
— Oui. »
Je nourrissais les pigeons. Je me trouvais sur le seuil d'un autel à Kyoto. J'étais nettement plus vieux. Mais je n'avais pas l'air malheureux. Ni fini. Il n'y avait pas de photos de moi fini. Pas encore.
Elle referma l'album.
Retira ses lunettes.
Me considéra.
« Pauvre Asher. Tellement de photos.
— N'est-ce pas.
— Ne sois pas déprimé.
— J'ai oublié comment ça fait de ne pas être déprimé.
— Viens là.
— Où ça ?
— À côté de moi. »
Je m'assis à côté d'elle sur le canapé.
« Tu es marrant.
— Tu trouves ?
— Tu m'emmènerais au cinéma ?
— Quand ça ?
— Ce soir.
— D'accord.
— Voir un vieux film.
— Je n'ai jamais rien vu d'autre.
— Je veux dire, vraiment vieux. Comme ils en faisaient dans les années trente ou quarante.
— À mon époque.
— Oui. »
Silence infime.

« Tu peux poser ta tête sur mes genoux », dit-elle.

Je le fis.

« C'est confortable ?

— Oui. »

Elle ouvrit légèrement le col de mon kimono.

« Tu as des poils gris sur la poitrine, dit-elle.

— Première nouvelle.

— Je peux les toucher ?

— Tout le plaisir est pour moi. »

Elle les toucha. Tous n'étaient pas gris. Seulement quelques-uns, une demi-douzaine peut-être. Preuves de l'hiver qui finirait par arriver. Les signes avant-coureurs du blanchissement général. On pourrait bientôt déclarer la saison de ski ouverte sur mes pentes personnelles.

« Pauvre Asher.

— Pourquoi tu dis ça ?

— C'est dur de vieillir ?

— Pas facile facile.

— Triste.

— Comme fait Tante Dora : Oh, mon petit, que te dire ?

— Tu détestes ça ?

— Plutôt, oui.

— Les poils pubiens aussi deviennent gris ?

— Tout devient gris, ma jolie.

— Non.

— Si. Tout. Gris et ratatiné et vieux.

— Non.

— Tout, te dis-je. Même toi.

— Moi, jamais.

— Oh que si.

— Moi, jamais. Jamais. Jamais. Jamais. Jamais. »

Il faisait complètement nuit à présent. Les lampes s'allumaient. Les radiateurs cliquetaient. J'aurais aimé qu'elle ait raison. Jamais.

21

Le cinéma était petit. Le hall était austère ; au sous-sol, on servait du café, des affiches d'art abstrait ornaient les murs. Le film était un polar français, filmé à la française. On assistait à une rapide série de meurtres. L'inspecteur souffrait d'indigestion chronique. Nous n'avions pas réussi à trouver un film datant des années trente.

À un moment, en plein milieu du film, alors que les cadavres s'amoncelaient et que l'inspecteur interrogeait un travesti dans les locaux de la police, Aurora se pencha vers moi et dit : « Asher, si tu commettais un crime, est-ce que tu me confierais ton secret ?

— Chut. »

J'étais absorbé par le film.

« Tu me ferais confiance ? »

Je la regardai. Son visage était tout près du mien, seul l'accoudoir nous séparait, je vis l'éclat sombre de sa peau, je sentis son parfum. Elle avait un air très solennel. Le blanc de ses yeux, ses yeux immenses, était d'un blanc solennel. Elle respirait lourdement, comme un conspirateur.

« Est-ce que quoi ? chuchotai-je.

— Si tu commettais un crime, fit-elle tout bas, est-ce que tu me le dirais ? Est-ce que tu me confierais le secret ?

— Bien sûr. »

J'avais envie de retourner à l'interrogatoire serré du travesti.

« Non, je suis sûre que non, murmura-t-elle.

— Mais si, enfin.

— Non. Tu ne me trouverais pas assez digne de confiance.

— Chut.

— Tu te dirais que je suis trop frivole, trop tête en l'air.

— Mais tu n'es pas tête en l'air.

— Bien sûr que si. »

Sa voix était un rien plus forte. Le travesti était lavé de tout soupçon et quittait le commissariat. L'inspecteur prenait un cachet. Je fus distrait à nouveau.

« Bien sûr que si, insista-t-elle, plus fort encore. Imagine que je boive trop à une fête, ou bien au pipi-room, je pourrais très bien révéler ton secret au pipi-room. Tu ferais mieux de ne pas me faire confiance, je ne suis pas fiable. »

Elle m'agrippait le bras, exigeant mon attention. J'allais rater tous les indices. Je renonçai à suivre l'intrigue.

« Bon, d'accord, fis-je à voix basse. Si tu le dis. Je ne te confierais pas mon secret. » Je crus qu'il s'agissait d'un jeu et histoire de lui faire plaisir, je poussai plus loin : « Tu me dénoncerais sûrement à la police. Pour toucher la récompense. »

J'essayais de m'en sortir avec une blague dans le même esprit.

« Je m'en doutais, dit-elle d'un ton absolument tragique. Personne ne me fait confiance. » Et elle se mit à pleurer.

J'étais époustouflé. Je ne comprenais plus rien. Tous les autres spectateurs passaient un moment absolument normal à regarder les cadavres s'accumuler. Jouait-elle la comédie ? Ses larmes étaient-elles sincères ? Une légère panique m'envahit. Elle était assise là, dans un fauteuil confortable, avec ce visage magnifique qui était le sien, et il y avait apparemment des larmes véritables, très grosses et brillantes, qui jaillissaient de ses yeux et roulaient (je suivis le parcours de l'une de ces gouttes gigantesques avec fascination) le long de la courbe de ses joues. La larme que j'avais choisi d'observer acheva sa course à la commissure de ses lèvres, une pointe de langue, comme la plus douce des vipères, sortit pour la lécher. J'étais certain qu'elle n'était pas salée. Les gens nous regardaient maintenant dans la salle, et, dans un sursaut de gêne, je dis précipitamment, surtout dans le but d'arrêter, ou du moins d'endiguer le flot du minuscule réservoir qui menaçait de déborder : « Mais bien sûr que si, mon cœur. Je te promets que si un jour je commets un crime, je te le dirai.

— Vraiment ? »

Son visage s'illumina. Ses lèvres délicieuses tremblèrent à peine.

« Parole d'honneur. »

Les larmes cessèrent. Les yeux se mirent à briller.

« Tu vas tuer qui ? chuchota-t-elle. Quelqu'un que je connais ? »

Je me creusai les méninges pour trouver une victime en vitesse.

« Un vieux prêteur sur gages, dis-je. À coups de hache.
— Vraiment ?
— Juré, craché.
— Et après, tu viendras me trouver pour me confier ton secret ?
— Oui. »

Elle se rencogna contre le dossier moelleux et chaud du fauteuil de cinéma. Se pelotonna douillettement dans son manteau de fourrure. Elle semblait éprouver une satisfaction immense. Elle leva les yeux vers l'écran où les sirènes des voitures de police hurlaient le long des quais de la Seine. Un meurtrier de fiction se faisait arrêter par un inspecteur de police de fiction triomphant. Puis, à nouveau, sa tête bougea, à peine. Elle murmura d'une voix sépulcrale :

« Asher ?
— Oui, mon ange ?
— Je peux avoir du pop-corn ? »

22

Elle était délicieuse. J'avais été marié à deux reprises, et, les deux fois, pour une durée considérable. Des vers, d'un genre ou d'un autre, avaient toujours fini par ronger le cœur des femmes que j'avais connues. Je me rappelais les visages insatisfaits ; la mauvaise humeur ; les disputes qui n'avaient ni début ni fin. Je m'étais toujours disputé et toujours réconcilié, et les réconciliations constituaient peut-être la part la plus amère de tout le processus. Il était impossible de retracer la trajectoire selon laquelle l'amour, ou ce qui avait semblé être de l'amour, s'était aigri, comment tout avait fini par aller de travers. Quoi qu'il en soit, tout avait toujours fini par s'aigrir et aller de travers.

Les années qui suivirent mon divorce d'avec ma première femme furent celles que l'on pourrait aisément qualifier de grande période de succès. Ce furent les années où, sans amasser une fortune digne de ce nom, je gagnai très bien ma vie. Il est étonnant de constater, à ce sujet, que les grosses sommes d'argent viennent plus facilement à vous en saison de vaches grasses que les petites sommes ne le font au temps des vaches maigres. Je me rappelle avoir assez comiquement célébré l'encaissement de mon premier gros chèque en le faisant convertir en billets de dix dollars qui me servirent à recouvrir tout le plateau d'un bureau. L'argent faisait un bien agréable sous-main.

Ma deuxième épouse avait une passion pour les maisons. Nous ne restâmes pas longtemps à l'hôtel après que ma première femme eut consenti au divorce et fut retournée sur la côte Est. Notre première maison était modeste. Située au sommet d'une colline. C'était la mode cette année-là. Nous fîmes l'acquisition d'un boxer, le premier de nos chiens, pour aller avec la première de nos maisons. Nous avions une vue extraordinaire : les lumières, vous voyez le genre ? Et l'horizon de tous côtés ? Mais bon, un jour, la vue, aussi belle soit-elle, finit par lasser. Oh, à peine. Ma deuxième femme avait une expression qui précédait systématiquement la lassitude qu'elle éprouvait à l'égard d'une chose ou d'une autre : un petit air pincé.

Quelque part aux environs de la bouche. Au coin de ses narines raffinées. Vous savez, la preuve muette qu'elle était privée de quelque chose. Nous fîmes donc aplanir le terrain en pente devant la maison pour y mettre une terrasse. Après la terrasse vint la piscine. Après la piscine, l'agrandissement du salon. Le boxer devint de plus en plus agité. Lorsque l'ensemble de ces travaux fut achevé : fleurs tout autour de la terrasse, piscine remplie, salon agrandi pour atteindre le minimum absolument requis de trente-cinq mètres carrés, le sommet de la colline se révéla comme étant la source véritable de son insatisfaction. Elle se plaignit du fait que cela nous isolait. Les amis hésitaient à monter en voiture le raidillon qui menait jusque chez nous. Nous étions seuls. Même si, à l'origine, à l'époque où j'avais acheté la maison, c'étaient son aspect isolé et la possibilité d'être loin de nos amis et donc seuls ensemble qui étaient apparus comme particulièrement désirables. Le sommet de la colline fut donc échangé pour un terrain plat façon ranch : arbres le long de l'allée, boxer femelle pour aller avec le boxer mâle (j'imagine que lui aussi avait été une victime collatérale de la vue panoramique). Nos fenêtres donnaient à présent sur la clôture en barbelé de notre voisin, ses chevaux, la cabane perchée dans les arbres de ses enfants, ses fêtes… sa lampe torche balayant son patio. Il avait des armes à feu, ce voisin, et possédait une chaîne de pizzerias. Je vivais dans l'espoir, plutôt fort au début, mais s'amenuisant assez vite au fil du temps, que quelque chose viendrait un jour effacer cet air pincé des narines raffinées de ma deuxième épouse. Rien n'y fit. Notre troisième maison, qui s'avéra être la dernière, était, je crois, presque satisfaisante aux yeux de ma deuxième femme : c'était l'ancienne demeure (un peu décatie, certes) d'un multimillionnaire dans le sucre. Vous voyez ce que l'adjectif « spacieux » évoque ? Imitation espagnole dans le genre haut plafond et poutres maîtresses, porte cochère et tout le tralala. *Cabañas* pour les invités et ce qui s'ensuit. Un réfrigérateur (elle y conservait, toujours à portée de main, des raisins rafraîchis, des goyaves et des jus de fruits prêts à être mixés) se dressait au bord de la piscine, qui était plus grande et plus carrée que celle que nous avions au sommet de la colline. La maison de l'héritier de la fortune sucrière représentait, si toutefois la représentation d'une pareille chose est imaginable, l'apogée de mon succès. Un succès qui, bien entendu, se reflétait dans nos amis : ma deuxième femme avait le chic pour recruter avec tact les amis les mieux assortis à la maison du moment. Égaux, presque égaux, à peine plus qu'égaux : tels étaient les critères. Elle était toujours dans le commerce, seulement c'était moi qui étais devenu son affaire. On peut dire qu'elle tenait la maison à la perfection. Les domestiques (des Noirs jusqu'aux Hispaniques en passant par les jeunes filles suédoises) ne restaient jamais longtemps. Madame était, disons-le, une chieuse patentée. Mais bon, nous étions mariés. Et puis, me disais-je, tout ce qu'elle fait, elle le fait pour mon bien. J'avais besoin qu'on me pousse. J'avais besoin qu'on organise mon temps. J'avais besoin qu'on me dirige. Et j'étais obscurément flatté qu'elle m'ait choisi, moi, pour exercer ses talents de gestionnaire. Car le mariage, pensais-je, n'était rien d'autre qu'une association. C'est ce qu'on lisait dans les livres. C'est ce que prouvait l'expérience. Répartition des parts, feuilles de comptes mensuelles, endettement mutuel, et tout le toutim. Ce qui est certain, c'est que je m'étais dégoté une bonne associée, même si monter une affaire avec une femme n'était pas exactement ce que j'avais eu en tête durant ces soirées où je m'absentais pour acheter un paquet de cigarettes que je mettais une éternité à ouvrir.

Cette associée, donc, avec laquelle je couchais, si l'on peut dire, accroissait mes avoirs, sécurisait mon, son, notre bien-être financier, et durant plusieurs années se consacra à moi et à notre mariage, comme elle l'aurait fait pour n'importe quelle autre affaire délicate qui aurait exigé d'elle une attention permanente.

Assis dans le restaurant avec Aurora, je me mis à penser à la mort du père de ma deuxième femme. Il existe certains événements auxquels on retourne toujours sans vraiment parvenir à croire que l'on y a participé. La mort du père de ma deuxième femme constitue un épisode de ce genre.

Alors que nous étions mariés depuis cinq ans, et avions déjà emménagé dans la demeure de l'héritier du sucre, le père de ma deuxième femme décida de nous rendre visite.

J'aimais bien ce vieil homme. Il était petit de taille et portait des pantalons larges et un peu tombants. Un jour, pensant nous faire honneur, car après tout, il était en Californie et reçu dans une maison d'une grande élégance, il apparut vêtu d'un pantalon blanc ajusté façon Gatsby. C'était sans doute la tenue qu'il avait portée à Asbury Park durant l'été 1918. Il se sentait d'une classe folle dans cet accoutrement. Ma deuxième femme n'avait pas supporté. Il lui donnait l'air ridicule, pas à lui, à elle. Papa fut renvoyé dans sa chambre pour se changer bien gentiment et remettre son bon vieux pantalon noir et large. Il prit son petit déjeuner comme s'il avait atterri dans un établissement disciplinaire.

Tout – pas besoin de l'emmener pour ça au Grand Canyon – était source d'émerveillement pour le vieil homme. Le broyeur à ordures de l'évier ? Il effectuait un claquement de langue et secouait la tête. Quelle belle invention ! Plus de charrettes pleines de déchets dans les rues de la ville ? Fantastique ! Le monde, selon Papa, était devenu incroyablement intelligent. De son temps, personne ne pensait à de pareilles choses. *Ergo* : le monde était indiscutablement plus avancé qu'il ne l'avait été, et sa fille avait peut-être raison : le pantalon blanc ajusté d'Asbury Park était bel et bien ridicule. Il se soumettait volontiers à la supériorité d'un monde qui avait inventé les broyeurs d'évier.

Durant la deuxième semaine du séjour de son père chez nous, ma deuxième femme commença à prendre son air pincé. J'emmenai le vieil homme aux courses, au stade, et même un jour aux studios. Il fut, bien entendu, ravi. Il n'y a rien de plus efficace pour démontrer à quel point notre monde a évolué que d'exhiber nos mirifiques fabriques de films. Quoi qu'il en soit, si le vieil homme s'était contenté de rester dans sa chambre à l'étage pour regarder la télévision et lire ses magazines d'énigmes policières, tout se serait sans doute bien passé. Autrement dit, l'humiliation serait restée insignifiante. Mais il se sentait seul et aimait parler aux gens. Il descendait à l'occasion d'une fête ou d'un dîner. Alors que sa fille lui avait plus ou moins fait comprendre que sa présence n'était pas souhaitée. Il mettait le grappin sur un acteur quelconque et ça commençait : les claquements de langue, la tête que l'on secoue.

Cette montre indiquait la date en plus de l'heure ?

Incroyable.

Quoi comme voiture ? Combien ça coûtait ? Et entièrement automatique, avec ça ?

Pas possible.

Alors comme ça, c'était vrai ? Y avait des docteurs qui opéraient les seins ? Qui les rendaient plus gros ?

Ses yeux roulaient dans ses orbites. Il restait bouche bée face à ces vies stupéfiantes et à ces gadgets qui ne l'étaient pas moins.

Ma deuxième femme pinçait de plus en plus fort ses remarquables narines si raffinées. Papa était insupportable. Elle grimaçait de gêne. Il n'y avait qu'une chose à faire. Il devait partir ! C'était la seule solution.

Elle loua un joli petit appartement. Un peu sombre peut-être. Un peu miteux. La fenêtre donnait sur un palmier chétif. Écoute, il y a un solarium. Papa pourrait prendre le soleil avec des gens de son âge. Sauf que les gens de son âge n'étaient pas une source d'émerveillement pour Papa.

Le vieil homme se soumit. Elle transporta la télé couleur dans son minuscule salon et emballa sa collection de magazines *True Detective*. Deux fois par semaine, elle se dépêchait d'aller le voir entre deux rendez-vous. Elle me racontait en rentrant que Papa était tellement mieux là-bas où il pouvait regarder la télévision et prendre le soleil sur une chaise longue avec des gens de son âge.

Et puis Papa tomba malade.

C'est vraiment là le moment important de l'histoire. Pas tant sa mort. C'était un vieil homme après tout. Papa tomba malade et elle dut appeler le docteur. Le voilà le point décisif de l'histoire. Notre docteur. Notre inestimable docteur qui avait des bureaux somptueux et vous faisait admettre dans le célèbre hôpital Cedars of Lebanon pour de simples rougeurs de la peau. Papa tomba malade et elle prit peur, alors elle dut appeler notre docteur.

Le problème, c'est qu'on ne pouvait décemment pas faire venir le docteur pour une visite à Papa dans un décor si peu distingué. Il y avait un solarium, d'accord, et une télé, très bien, mais on ne pouvait pas honnêtement dire que ce n'était pas un peu sombre et un peu miteux. Ma deuxième femme se hâta de redécorer l'appartement de Papa. Elle acheta de nouvelles tentures. Elle fit nettoyer les tapis en vitesse. Elle enfila des housses pimpantes sur les fauteuils défoncés. Papa se fit couper les cheveux. Alors qu'il avait quarante de fièvre. Il se fit couper les cheveux par quarante à l'ombre. Le coiffeur avait un air bizarre. Enfin, notre docteur, qui avait un goût prononcé pour les voitures étrangères, effectua sa visite au vieil homme malade qu'on avait rénové pour l'occasion. Papa ne se remit jamais. J'étais là. Il ne faisait pas claquer sa langue. Il ne secouait pas la tête en s'émerveillant. Il se tourna vers le mur, là où il ne voyait plus ni sa fille évoluée, ni le monde évolué qui l'entourait, et il mourut.

Je me remémorais l'histoire de la mort du père de ma deuxième épouse alors que j'étais au restaurant en train de dîner avec Aurora. Le ver de l'insatisfaction avait très certainement rongé le cœur de ma deuxième femme. Mais en regardant le spectacle qui s'offrait à moi, de l'autre côté de la table, je me dis que rien ne venait ronger le cœur doux et féminin de cette fille-là.

L'emmener au restaurant était en soi un plaisir. Je regardais fasciné les côtelettes d'agneau perdre leur chair, les pommes de terre, la salade, le dessert disparaître. Je pensais à ses sucs gastriques avec admiration. Ses dents étaient fières d'être des dents. Mon Dieu, comme il était réjouissant de voir une femme qui ne se contentait pas de picorer dans son assiette. Et lorsqu'elle avait fini de manger, elle s'affalait légèrement contre le dossier de la banquette et me souriait, comme si, à présent que les côtelettes, le steak saignant ou le homard à la diable s'en étaient allés, elle pouvait à nouveau me prendre en compte et m'accorder son attention.

N'allez pas croire qu'elle était gloutonne. Tout était simplement savoureux. Et elle était à son affaire, je veux dire que la mécanique de l'action qui consistait à manger était sa spécialité. Elle ne dévorait pas. Je l'observais avec soin. Le steak n'était pas englouti. Mangé, était la seule manière de le décrire. Aurora était une créature faite pour manger. Elle justifiait à elle seule l'existence des restaurants, des chefs, des tournebroches.

C'était, pensai-je en sirotant mon café, sérieusement impressionné par ce qui était arrivé au menu, une fille sacrément saine. Puis je me rendis compte – et ce fut comme un choc – que les filles ou les femmes que j'avais fréquentées jusqu'alors avait rarement été très saines. Je compris confusément que c'était cela qui m'avait manqué le plus. Plus que de me retrouver avec une femme intelligente, efficace, ou même jolie. Une fille parfaitement naturelle, sans amertume aucune, une fille pas tordue pour un sou, juste en bonne santé. Une fille dont les cheveux brillaient, avec une démarche solide, un rire franc. Pas le genre à se traîner d'un divan de psychanalyste à l'autre.

Pas une garce aux joues creuses, à l'œil furibard qui, même quand on lui offre le monde sur un plateau d'argent, trouve encore à redire. Car il n'y avait aucune amertume chez Aurora. Ce n'était pas une garce. De cela, j'étais certain.

Certes, elle jouait la comédie. À sa façon, elle compliquait le jeu. Comme lorsque nous étions allés voir le film français. Peut-être mentait-elle même un peu. Ou bien me taquinait-elle. Elle s'amusait à mes dépens, à peine. Mais pourquoi pas ? C'était moi qui étais abîmé. Abîmé par l'âge, abîmé par le métier que j'avais choisi, par le mariage. Elle était intègre, jeune et je n'étais pas capable de lui offrir quoi que ce soit qui eût la moindre valeur. Je n'allais pas tomber amoureux d'elle ; il aurait été absurde de penser qu'elle pourrait tomber amoureuse de moi. Et puis il y avait Michael ; elle était, selon des termes sur lesquels ils s'étaient mis d'accord entre eux, selon une définition qui leur appartenait, sienne. Quoi que cela puisse signifier à ce moment. Je ne mourais pas vraiment d'envie d'élucider cette question. On m'autorisait, on consentait d'une certaine manière, à ce que je partage. Il m'arrivait d'espérer, de temps en temps, que ma part vienne à augmenter ; à supposer qu'un élément s'altère ou que quelque chose vienne mettre fin aux après-midi sous la verrière qui découpait un bout de ciel. Mais je ne m'autorisais pas à spéculer sur ces espoirs. Ce que je me disais, c'est qu'Aurora constituait un coup de chance pour moi. La tenir par le bras, sur la Cinquième Avenue, ressentir ne serait-ce qu'un contact avec cette vitalité, m'asseoir face à des chandelles artificielles dans un restaurant quelconque, m'affaler à ses côtés dans une salle de cinéma, la regarder, avec ses jambes repliées sous sa jupe inouïe, installée sur une simple chaise ou sur le sofa de ma suite à l'hôtel, tandis qu'elle tournait les pages du *New Yorker*, absorbée par la lecture des réclames, était bon pour moi. J'avais de la chance. Tout cela aurait pu ne pas arriver. J'avais, pensais-je, été malchanceux pendant longtemps, les désastres s'étaient enchaînés avec une monotonie anesthésiante, et le bookmaker suprême avait peut-être décidé de m'accorder une cote un peu plus favorable.

23

Et elle était magnifiquement candide, songeais-je.

Le manteau de fourrure, par exemple.

Elle adorait son manteau de fourrure. Elle se sentait si riche, disait-elle, si protégée quand elle le portait. Elle mourait d'impatience que les températures descendent au-dessous de zéro. C'était du rat musqué, teint en beige. Autrefois (avant Michael et, bien sûr, longtemps avant moi), elle avait connu un type qui travaillait dans les pompes funèbres. Il était gros, grand, marié, il se nommait Ben et il lui avait expliqué que de tous les commerces, celui des pompes funèbres était le meilleur. Pour la bonne raison que dans les pompes funèbres, on achetait à l'hectare et on revendait au mètre carré. Ben, m'avait-elle expliqué tandis que je l'écoutais, était très gentil, même s'il était grand et vraiment gros et carrément marié, même s'il préférait l'emmener manger un énorme sandwich toasté au pastrami bien fumant dans un Delicatessen, plutôt qu'un chateaubriand dans un restaurant à la mode. Il avait de quoi payer le chateaubriand, mais préférait le pastrami chaud. Lorsqu'elle s'était rendu compte qu'il lui fallait un manteau de fourrure à tout prix sans quoi elle mourrait, elle savait qu'il était hors de question d'aller voir le gros bonhomme des pompes funèbres pour lui dire : Je veux un manteau de fourrure, Ben. Ben était tatillon sur ce genre de choses. Il devenait atrocement grincheux si on lui disait quelque chose comme Ben, je suis pauvre, je n'ai que cent cinquante dollars sur mon compte épargne mais je veux un manteau de fourrure, Ben. Ben détestait qu'elle lui dise, ou que quiconque lui dise, Je suis pauvre. Ben trouvait que c'était du plus mauvais goût que de dire à des gens qui travaillaient dans les pompes funèbres et vendaient au mètre carré combien votre compte en banque était à sec. Elle savait parfaitement qu'elle ne pouvait pas simplement monter à l'assaut de Ben comme à celui d'une forteresse défendue par les garnisons de la fortune.

Elle avait attendu que le temps devienne vraiment frisquet et que l'aiguille du baromètre se mette à chuter, et un après-midi, alors que Ben était en ville et l'avait invitée à déjeuner, elle s'était rendue à la banque pour retirer ses cent cinquante dollars d'économies. Ils avaient déjeuné. Ben se sentait particulièrement impérial lorsque le dessert arriva et elle choisit ce moment pour dire Ben, toi qui connais plein de monde, je veux dire chez les grossistes, tu ne connaîtrais pas quelqu'un dans la fourrure, Ben ? Bien sûr, mon canard, dit Ben, tu cherches quoi, exactement ?

En fait, expliqua-t-elle, il commence à faire froid, Ben, et je me disais que si tu connaissais un grossiste en fourrure je pourrais me dégoter un manteau pas trop cher. Et comment, mon canard, dit Ben, manquerait plus que tes petites fesses prennent froid quand décembre arrivera !

J'ai l'argent sur moi, fit-elle en prenant son sac, et je me suis dit que si tu n'avais pas trop à faire cet après-midi, tu pourrais passer un coup de fil, je veux dire, tu connais tellement de gens, et que tu pourrais m'accompagner pour que je me trouve une jolie fourrure ? Ben s'y connaissait carrément en fourrures. Elle n'avait pas pipé mot sur le manteau en castor de la femme de Ben, pas plus qu'elle n'avait prétendu qu'elle avait envie d'être bien vêtue quand elle sortait avec Ben vu qu'il ne l'emmenait jamais ailleurs qu'au Delicatessen du coin.

Donc ils se rendirent dans un endroit derrière la Cinquième Avenue, dans le quartier des grossistes en fourrure, où les peaux étaient ficelées en ballots et où brillaient toutes sortes d'outils spécifiques utilisés pour la coupe, le rasage et le travail des peaux en allonge. Elle écouta, intimidée, les yeux écarquillés, Ben et son ami grossiste échanger des plaisanteries. Puis le copain la toisa des pieds à la tête et dit, avec plus ou moins d'envie, que Ben était un sacré dénicheur. Ensuite il y eut la blague à peu près inévitable sur le fait qu'il mettait à présent une nuit entière à faire ce qu'autrefois il faisait toute la nuit, et enfin, il se mit à sortir les manteaux. Elle tomba amoureuse du rat musqué au premier regard. Il lui fallait absolument ce rat musqué. Elle dit : Oh, Ben, c'est exactement ce dont je rêvais. Elle sortit les cent cinquante dollars et les posa sur la table de coupe. Puis elle annonça : Pas la peine de l'emballer, je le mets tout de suite.

L'ami regarda les cent cinquante dollars, puis il regarda Ben, le dénicheur, et lui dit à elle : Mademoiselle, même en gros, c'est sept cent cinquante dollars.

Elle eut l'air dévasté.

Elle dit : Oh, Ben, je t'avais dit que je voulais un manteau pas trop cher.

Cent cinquante dollars pour un manteau de fourrure, c'est pas ce qu'on appelle pas cher, jeune dame, dit sèchement l'ami fourreur. C'est ce qu'on appelle impossible.

Elle regarda le rat musqué. Elle regarda les peaux de castor, les karakuls, les zibelines. Elle ne pipa mot de ce que la femme de Ben portait. Ni de ce dont elle avait l'air avec ça sur le dos.

Elle reprit les cent cinquante dollars. Le fourreur regarda les billets comme s'ils avaient été imprimés durant la guerre de Sécession.

Elle dit : Je suis désolée. Ben sait quelle idiote je suis. Je pensais que chez un grossiste…

Elle remit l'argent dans son porte-monnaie. L'ignorance n'eut jamais plus beau visage, elle s'était introduite à l'intérieur de Fort Knox. Elle dit : Mais je ne vois vraiment pas pourquoi je ne pourrais pas en emporter juste un échantillon chez moi. Elle se tourna vers la porte et frissonna dans la gabardine qui couvrait ses épaules. On eût dit qu'elle était sur le point de sortir dans une tempête de grêle en soutien-gorge et hauts talons. Ben paya les six cents dollars restants.

C'était l'histoire de cette fourrure. Adorable, non ? Pauvre Ben. Elle avait fini par en avoir marre du pastrami chaud. Elle releva son col. Enfonça son menton dans la douce fourrure beige de l'animal : juste au-dessus ses grands yeux gris et rieurs me regardaient. N'était-ce pas un amour ? Je la regardai et quelque chose se retourna à l'intérieur de moi. Un amour. Un amour. Quoi d'autre ?

24

Comme je l'ai dit, elle aimait jouer. À des jeux compliqués. Tous les deux aimaient ça. Et ils jouaient ensemble, elle et Michael.

Par exemple, son cadeau d'anniversaire. Celui que Michael lui avait offert pour ses vingt-deux ans. Cela s'appelait « La femme visible ». C'était un jeu éducatif.

Il y avait en tout vingt-neuf pièces. La garantie couvrait tout défaut de fabrication et toute pièce manquante. Elle trouvait que c'était un cadeau fabuleux. Il était fourni, lui dit Michael alors qu'elle ouvrait le paquet, avec une notice illustrée qui expliquait comment procéder au montage de la dame.

On la fabrique ensemble ? avait proposé Michael.

Je voyais la scène comme si j'y étais. Dans les moindres détails.

Ils posent la coque transparente sur le lit, entre eux deux, et se penchent au-dessus d'elle. Peut-être qu'à cette étape ils ont encore leurs vêtements sur le dos ; me sentant un peu sensible sur le sujet, je ne le lui avais pas demandé.

Elle m'aurait répondu, j'imagine, si je lui avais posé la question.

Placer les poumons gauche et droit dans la cage thoracique comme indiqué sur le schéma, dit le mode d'emploi que lit Michael, puis insérer l'appareil urinaire et les organes reproducteurs dans la cavité pelvienne. Elle est fascinée. Je me les représentais parfaitement. Je les entendais d'ici. Dans l'atelier. Avec le puits de lumière dans le toit en pente, où l'on voyait passer les nuages et les volutes de fumée. Elle examine la notice illustrée. On dirait très exactement l'intérieur d'une machine. Avec tous les bidules dedans. Elle aussi était pleine de bidules. N'était-ce pas fascinant ? Michael introduit les organes en plastique. Le cœur est divisé en deux ventricules. Il est temps de placer l'intestin grêle sous le gros intestin, précise le mode d'emploi. Michael agit selon les instructions, avec un soin digne d'un mécano. C'est absolument fabuleux de se voir soi-même assemblé ainsi. Michael a l'impression d'être Dieu, un dieu qui serait passé par le M.I.T.[1]. À présent placer le foie comme indiqué. Insérer le rectum derrière l'appareil urinaire et les organes reproducteurs. C'était vraiment le plus génial des cadeaux d'anniversaire. Les côtes se referment juste sous les clavicules. Placer les seins par-dessus, comme suit.

Et voilà, dit Michael. Le jouet était enfin assemblé.

Et tu sais quoi ? On avait vraiment l'impression, une fois que le machin était là, sur le lit, tout bien imbriqué, d'être soi-même un jouet. Tu vois ? Pas vraiment éduca-

1. Massachusetts Institute of Technology. (*N.d.T.*)

tif. Mais c'était ultra bizarre. Carrément super scientifique tous les trucs qu'on a à l'intérieur de nous.

Et, tandis qu'elle parlait, rose d'excitation, agitée par un petit gloussement de temps à autre, tandis qu'elle me décrivait l'opération, je ne pouvais m'empêcher de les voir tous les deux, penchés sur l'objet, absorbés et fascinés comme deux enfants impurs. Et je savais, sans avoir besoin de le demander, sans qu'on me le dise, qu'ils avaient couché ensemble après ça. C'était la suite logique. Avec le jouet au milieu ou juste à côté. Colorier l'utérus en vert. La somme de toutes ces pièces imbriquées, accrochées, numérotées. Était-ce la raison pour laquelle il lui avait offert ce jeu ? Une fille en polystyrène. Colorier la vulve en doré. Ils l'avaient baptisée Fannystein. Forcément. Les pièces de remplacement (en cas d'usure, de défaut, d'absence, de perte, mauvaise manipulation, casse suite à l'usure) pouvaient être obtenues en écrivant à la compagnie. Code postal 217. À l'est du territoire d'Éden.

Ça oui, ils jouaient à des jeux compliqués. Ça allait beaucoup plus loin que le strip-poker, ce triomphe des orgies innocentes de ma jeunesse. Je me sentais bizarre à cause de tout ça. Ou plutôt, comme disait Aurora dans son enthousiasme : ultra bizarre. Mais c'était peut-être dû à quelque chose de l'ordre de l'inhibition chez moi. Je veux dire une sorte d'écran qui m'empêchait de percevoir la mesure d'un genre de liberté qu'ils avaient atteint et qui était, peut-être, malheureusement pour moi, hors de ma portée. Apparemment, il restait dans mon tabernacle plus d'objets sacrés que je ne l'aurais cru. Je déployais peut-être une trop grande solennité à l'égard des créatures à la langue fourchue que nous étions. Mais j'avais beau faire, je ne parvenais pas à considérer l'homme et tout ce qu'il était ou faisait comme la chose la plus risible depuis le vaudeville. C'était peut-être le cas, il me manquait toutefois la fibre nécessaire pour accrocher une vulve à la place d'un bouquet de gui, même sur le plus contemporain et le plus métallique des arbres de Noël.

25

Mais, encore une fois, ce n'était pas si joyeux. Ce n'était pas que fantaisiste. Il arrivait parfois que Michael l'effraie.

« Quand ça ?

— Oh, parfois. »

Que faisait Michael pour l'effrayer ?

Ben.

Par exemple.

Un après-midi.

Alors qu'elle dormait. Dans ce lit qui reposait sur des briques placides. Elle s'était réveillée. Elle n'avait toutefois pas ouvert les yeux. Michael était accroupi à côté du lit. Elle l'apercevait à travers le rideau de ses cils.

Elle savait que Michael savait qu'elle ne dormait pas. Elle savait que Michael savait que quelque chose l'empêchait d'ouvrir les yeux. La lumière de l'après-midi était mourante. Ses cheveux s'étalaient en désordre sur l'oreiller. Ses jambes étaient écartées. L'air asséchait les menues zones de sueur sur son corps. Elle sentait que quelque chose était en suspens dans la chambre, à l'heure où la lumière du jour mourait.

Michael écoutait sa respiration. Elle se mit à prendre conscience de son propre souffle. Du fait qu'elle respirait. Elle savait que Michael regardait ses seins, comme si, coiffés de la rose du téton, ils avaient été des seins ennemis. Que ses sourcils s'étaient froncés durement. Qu'une certaine férocité s'était installée dans ses yeux. Qu'il posait sur elle un regard noir. Sur la légère dépression formée par son nombril. Sur la bosse touffetée en haut de ses cuisses.

C'était insupportable. Elle s'était mise à avoir peur. L'examen féroce était effrayant. Le silence aux rayons X. Elle avait ouvert les yeux. Durant un instant, elle se maintint, l'animosité. Mêlée à autre chose. Puis il sourit. Les grandes dents carrées et blanches lui sourirent. Il tendit la main. Et arracha doucement un unique poil noir.

« Le diable a essayé, dit-il, mais n'y est jamais parvenu.

— À quoi ?

— À en défaire la boucle. »

Il citait un poème pornographique de Congreve.

26

Ainsi donc avais-je accosté dans le monde des jeunes. Je n'y séjournais, bien sûr, qu'avec un visa temporaire. Mais j'étais flatté ne fût-ce que d'avoir réussi à en franchir la frontière. J'imaginais même que la population était amicale.

Je me disais que s'ils semblaient brûler d'un éclat si vif, c'était peut-être parce que la chandelle était fort courte. Peut-être seraient-ils les derniers à être jeunes, songeais-je. Ils possédaient toutes ces couleurs parce que dans le futur l'espèce ne disposerait plus que du gris plomb ou cendré.

En attendant, je fus légèrement déconcerté lorsque je me rendis compte que les après-midi d'excursion commençaient à m'ennuyer. Au début, je ne compris pas pourquoi. Le souvenir ravivé prenait forme, rougeoyait un instant, animé par une signification ou une autre, avant de s'effacer à nouveau. J'existais de façon fragmentée. Aucun motif ne se dessinait, et ce que j'étais venu chercher, ou espérais trouver, était justement un motif, le motif de mon propre tapis. Il n'y avait pas tant de logements que cela à contempler, et je découvrais que les contempler une deuxième ou une troisième fois ne rendait pas ce qui s'était passé dans ces lieux sans eau chaude – ou, les années filant et les moyens aidant, avec eau chaude – plus significatif. Plutôt le contraire. Les rapides flashs de couleurs qui s'étaient déclenchés dans mon esprit ne se renouvelaient plus aussi vivement. Ils comportaient moins de couleurs et diffusaient moins de chaleur, comme les charbons remués d'un feu dont le combustible s'est déjà presque entièrement consumé.

Il m'arrivait, de plus (peut-être à cause de Michael), de retoucher mon passé. Appliquant, malgré mon souhait de ne pas le faire, quelques cosmétiques sur la face du temps.

Je remarquai que ce qui n'avait pas été amusant du tout devenait, du simple fait que le garçon m'écoutait, amusant malgré tout dans mon récit et que ce qui n'avait peut-être eu aucun sens particulier au départ en était chargé par mes soins. Ce n'était pas seulement parce que j'éprouvais le désir de montrer à Michael, à travers ce que j'étais, ce que le monde avait été, mais aussi, bien évidemment, dans le but d'acquérir une certaine valeur à ses yeux. Et cela me troublait. Étais-je revenu, l'avais-je engagé parce que j'étais en quête d'un jugement ? Étais-je en train de demander à un garçon, auquel, d'une certaine façon, je n'accordais pas toute ma confiance, d'évaluer ma propre existence ? Il y avait certes une forme de désespoir nichée en moi, je sentais que j'avais été pulvérisé ; c'était comme si les composants essentiels de mon être avaient été éparpillés dans un terrain vague et que je me retrouvais plus ou moins à quatre pattes pour ramasser ou essayer de rassembler les morceaux dispersés. À mon âge j'étais en danger de ne plus comprendre ce que mon moi signifiait, ce que mon expérience signifiait, ou, tout au moins, ce que l'expérience de ma génération signifiait. Mais d'où me venait le besoin de réunir ces fragments épars pour les montrer à un garçon et les exposer à son jugement, son approbation, sa sympathie, ou je ne sais quel truc à la noix ? C'était étrange, non ? Les garçons ne constituaient sûrement pas la meilleure instance auprès de laquelle se faire entendre. Des garçons qui, de plus, possédaient un genre d'air de famille avec vous. Qui portaient sur leurs visages des traits qui autrefois vous avaient appartenu et étaient à présent oubliés. Qui venaient frapper à la porte de votre hôtel. Qui restaient assis là, leurs mains mornes enfouies dans leurs poches, à encombrer des suites que vous ne pouviez plus vraiment vous payer. À qui, d'une certaine façon, il était impossible de se fier.

Le sentiment que Michael n'était pas fiable grandissait en moi. Peut-être parce que je sentais quelque chose de suspect dans ses reparties circonspectes et polies. Peut-être parce que je ne cessais d'espérer une manifestation d'enthousiasme, alors qu'il n'en exprimait pas assez. Peut-être était-ce seulement que je ne percevais chez lui qu'une sympathie très moyenne pour tous les Golgotha mineurs que j'avais eu l'impression de devoir gravir au fil de ma vie. En résumé, je n'étais pas certain qu'il pût devenir un ami, et il y avait des moments où, comme il m'arrivait de l'éprouver avec Aurora à travers le rideau de ses cils, il me semblait qu'il pourrait bien être un ennemi. Un ennemi en embuscade, en sursis, un ennemi que cinquante dollars par semaine (j'avais payé plusieurs fois Michael à présent et rien que cela représentait en soi-même une performance, le geste que je faisais pour déposer l'argent d'un air aussi détaché que possible, et celui qu'il avait, après une hésitation prolongée, pour le prendre) semblaient avoir neutralisé, un ennemi qui, pour ainsi dire, était temporairement à ma solde. Je me surpris plusieurs fois à douter de l'attention avec laquelle il m'écoutait ; cette attention était-elle vraiment accordée de bonne grâce ? Je me mis à ressentir un léger malaise en pensant à la candeur avec laquelle je me livrais à lui : que ferait-il de ces révélations ? Le sourire dont il me gratifiait essayait peut-être d'exprimer la compréhension et l'empathie, alors pourquoi avais-je la sensation que ce sourire hésitait à se changer en ricanement ?

Il se montrait à peine trop silencieux exactement au mauvais moment selon moi ; ses réactions étaient un brin trop lentes. Lorsqu'il commentait, son commentaire semblait trop réfléchi. Je ne voyais aucune raison pour laquelle il aurait voulu être mon ennemi. J'avais voulu créer quelque chose entre nous ; ce quelque chose impliquait, je l'admets, qu'il se glisse dans une catégorie d'un certain genre : par exemple fils, ou protégé, ou disciple, ou simplement une version de moi en plus jeune, ou encore, de façon étrange, une version plus jeune de moi-même que j'espérais devenir, ou plutôt à laquelle j'espérais pouvoir revenir afin de tout reprendre à partir de là ; ou moins que ça, un talent que j'encouragerais, un garçon perdu, ou désorienté qui, à travers moi, retrouverait son chemin et se réorienterait. Mais il résistait à toutes les catégories. J'attendais que quelque chose se déclenche entre nous : rien ne se passait. Rien ne suivait ces conversations qui, selon moi, étaient intimes. Nous nous retrouvions ; nous nous séparions, c'était tout. Si bien qu'après quelques heures passées en sa compagnie, je sombrais systématiquement dans un genre de dépression. Je me sentais plat. Il semblait posséder une propriété qui avait le pouvoir d'intensifier mon manque d'assurance ; qui accroissait mon impression de vide intérieur. Même avant notre dispute dans la cafétéria qui aurait lieu un peu plus tard, j'avais déjà pris la décision d'en finir avec ces excursions aussi bidon qu'inutiles à travers la ville. Mon passé n'allait pas m'être rendu, agrandi et cohérent, grâce au truchement de Michael. La meilleure chose à faire (je trouverais un autre moyen de lui venir en aide s'il en avait besoin, je lui prêterais de l'argent s'il m'en demandait) serait de mettre un terme à ces promenades.

27

Mais cela ne se passa pas avec douceur, ni dans le cadre d'un accord mutuel. Ce fut le fruit d'une querelle qui me poussa à le virer plutôt stupidement comme si (Dieu m'en préserve) j'avais été l'un de mes propres patrons d'antan, ces créatures pour lesquelles j'avais le plus grand mépris.

Un après-midi, il était tard, après avoir traîné sur les quais pour regarder les moutons transiter de la jetée vers les enclos des abattoirs, nous nous trouvions dans la cafétéria entièrement automatisée à proximité de mon hôtel. J'éprouvais une agréable fatigue. Dehors, de l'autre côté des baies vitrées, la foule rentrait après une journée de travail.

Aurora avait, bien entendu, révélé à Michael ce que j'avais dit de ses poèmes. J'allais bientôt découvrir que presque tout ce que je lui avais confié, elle le lui avait répété. Elle ne s'était pas contentée de rapporter nos conversations. Le reste aussi. Il avait insisté pour obtenir tous les détails. Comme si, depuis le début, il avait entrepris de réunir les pièces d'un dossier. Quoi qu'il en soit, il savait que j'avais lu les poèmes ; que le commentaire que je lui avais adressé à leur sujet (ils étaient « intéressants », avais-je affirmé) constituait un mensonge diplomatique et qu'ils ne me plaisaient en fait pas du tout. Mon hostilité à l'égard des poèmes, qui, bien sûr, impliquait une hostilité envers lui, transparaissait de façon évidente dans ce qu'avait dit Aurora.

Il n'attaqua pas franchement le sujet. Il employa un détour.

Il commença par me questionner sur mon travail.

Il n'y avait pas grand-chose à en dire.

D'accord, mais dans les moments où je travaillais, c'était comment ?

Disons, mécanique, plus ou moins. Un boulot, rien de plus. Le plus difficile, c'était de l'obtenir. Cela faisait des années que je n'avais pas eu la moindre commande.

« Pourquoi ? »

Je haussai les épaules.

Me considérais-je comme plutôt bon pour les trucs qu'on me proposait là-bas ?

« Oui. »

Je m'étais hérissé automatiquement.

« Bon comment ?

— Suffisamment. » L'irritation commençait à me gagner. Cette chose, ma capacité à trouver du travail, m'avait quitté ; j'ignorais pourquoi. On devenait vieux. Ou simplement plus vieux. Les boulots se faisaient plus rares. Puis encore plus rares. Et du jour au lendemain, il n'y en avait plus. Plus du tout. On ne savait pas pourquoi. Ce qui était certain c'est que ce n'était pas parce que soudain vous aviez moins de ce qu'on exigeait de vous à l'époque où on vous donnait du travail, de cela vous étiez sûr, en étiez-vous sûr ? Oui disiez-vous, vous étiez sûr de ça, il n'y avait pas eu de dégradation, de baisse, voilà à présent que vous étiez sur la défensive, et que la colère montait parce que vous n'aimiez pas avoir à vous défendre, puis vous gémissiez, un peu, et encore un peu plus, puis vous étiez désespéré, un peu, et encore un peu plus, et c'était là que les morceaux commençaient à se disloquer, vous tentiez de ne faire qu'un, vous tentiez d'empêcher les morceaux de s'éparpiller, mais ils s'éparpillaient malgré tout, un petit morceau, un plus gros, vous ne vous en sortiez pas, ne vous en sortiez plus, fini le boulot, fini la femme, fini la maison, fini la vie. Je m'interrompis. Je n'avais pas prévu d'y revenir, encore, de remettre toute cette machinerie en route chez moi, encore, et voilà que ça arrivait, et ce petit salopard, c'était à cause de lui, c'est lui qui avait réveillé tout ça.

Il dit, les yeux baissés : « Aurora m'a raconté que tu n'aimais pas mes poèmes.

— C'est vrai. Ils ne m'ont pas plu. »

Je n'avais pas prévu d'être aussi dur. Mais au diable les précautions. C'était lui qui avait commencé.

« Pourquoi ? »

Mesuré. Décontracté. Il jouait avec la cuiller à café.

Les trouvais-je mauvais ? demanda-t-il. Du ton le plus judiciaire. De la voix la plus détachée.

Pas exactement.

Que voulais-je dire – il aimerait vraiment le savoir – par « pas exactement » ?

Je les trouvais idiots d'une certaine façon.

Il parut, enfin, étonné. Il s'était clairement attendu à autre chose. Il m'imaginait indigné par leur contenu.

Outragé, même. Philistin indécrottable face à eux. Mais idiots. Cela l'intriguait.

« Idiots », répéta-t-il. Il souriait en fait très légèrement. D'un sourire froid, bien sûr. « Idiots, tiens, je n'y avais pas pensé, dit-il. Mauvais, oui ; nuls peut-être. Mais idiots ? » Il y avait un soupçon de regret dans sa voix. Il ne parvenait pas à percevoir l'aspect idiot. Il n'était certes pas le critique avisé que j'étais, alors aurais-je l'obligeance d'éclairer sa lanterne ?

Je la lui éclairai. Il avait un talent remarquable pour titiller le lecteur, Michael, vraiment. Un grand talent pour le mettre hors de lui.

Je lui répétai ce que j'avais dit à Aurora à propos de l'insistance inutile sur les mots grossiers.

Était-ce cela (dit-il avec une sorte de douceur) que j'entendais par « idiots » ?

« Oui.

— Je m'efforce d'être aussi clair et explicite que possible, dit-il. Précis. » À présent il avait le ton guindé d'un conférencier sur son estrade. « Un mot possède de nombreuses connotations et elles ne sont pas nécessairement les mêmes pour chacun d'entre nous.

— Tout à fait, fis-je. Le mot "con", par exemple. Pour chacun, il revêt une connotation différente.

— C'est un mot d'amour.

— Tu vois ! Tu vois !

— Dire espèce de con n'est pas une insulte.

— Oh, mon Dieu !

— Ce n'est pas un mot haineux, dit-il, pâle. Ce n'est pas un juron. Il possède, quand on l'examine, une beauté bien à lui.

— Oh, Michael, tais-toi, fis-je. Tu es plus désopilant qu'Abbott et Costello. »

Il n'était plus détaché à présent. Ni guindé. Il était, si tant est que l'on puisse utiliser le mot dans son sens le moins élégiaque, connement furieux. Plus question de jouer avec la cuiller à café.

« Tu sais à quoi tu me fais penser ? dis-je. Tu me fais penser à un cuistre. Voilà ce que tu es, un cuistre.

— C'est l'hôpital qui se fout de la charité.

— Assis sur ton derrière à ne rien faire du matin au soir. »

Une remarque pas très maligne de ma part. Je l'admets. Car il enchaîna sur le fait qu'il avait un travail, lui. Parfaitement, monsieur. Un poste de responsabilité. Une tâche d'une importance historique. M'accompagner, moi. Du côté de chez mes souvenirs. Visiter des logements miteux. Parler d'une époque révolue. Moi et ma ville. Moi et l'armée. Moi et ma carrière. Toutes ces foutaises.

C'est bon, fis-je, tristement. Plus besoin de s'encombrer de toutes ces foutaises. Le boulot était fini.

« Parfait.

— Si tu as besoin d'argent, je peux t'en prêter. »

(Après tout je m'étais promis que je ferais cela pour lui.)

« Je me vois bien en train de te demander ça, rétorqua-t-il.

— Si tu en as besoin, il est à toi.

— Merde, fit-il. Il faudrait que je me ramène avec les ravages de la faim gravés sur mon front. Il faudrait que je débarque dans cette suite en titubant sous le coup d'un stade avancé de malnutrition. »

Entendu. Il pouvait chercher un autre emploi. Travailler un peu ne le tuerait pas. T. S. Eliot était employé de banque, Stevens, dans une compagnie d'assurances. Sauf si ma mémoire me faisait défaut – après tout, j'avais plus de cinquante ans, on ne pouvait pas s'attendre à ce que j'aie encore toutes mes facultés – l'un comme l'autre étaient d'assez bons poètes en dépit du fait qu'ils n'avaient pas consacré tous leurs après-midi à admirer les nichons d'Aurora.

Ce qui, évidemment, était ma seconde bourde. Je le vis se jeter dessus. Ce n'étaient pas les poèmes, le problème. Ou pas seulement. Cela n'aurait pas suffi à me faire sortir de mes gonds. Je n'étais pas si concerné que ça par la pureté des vers de notre bel idiome national. Qu'ils contiennent ou non tous les gros mots de la langue.

Aurora.

Le petit salopard sourit largement. Il pensait m'avoir eu.

« Alors, alors, dit-il d'une voix plus douce mais plus fatale aussi, en parlant des après-midi, que dire de ceux que l'on passe dans un bar ? Un lieu hanté par les célébrités ? Avec ou sans leur moumoute ? »

Elle lui avait parlé de Chez Silvio.

La raison pour laquelle il tenait à mentionner ce bar était que je l'avais sermonné sur la bonne façon de vivre sa vie, une vie utile. Une vie profitable. Une vie semée d'objectifs inébranlables. Trouvais-je qu'un après-midi à se torcher dans un bar en compagnie d'une souris était une bonne illustration de ce que j'entendais par « vie profitable » ?

Mes lèvres se serrèrent.

Et vas-y que je t'emmène en taxi, une fois qu'on est bien

ronds, direction l'hôtel pour se relaxer dans un bon bain (il me fit un clin d'œil, comme entre comploteurs qui se comprennent), ensuite on essaie d'obtenir les faveurs de la souris en question, même si ce n'est pas notre souris à proprement parler, mais celle de quelqu'un d'autre, disons la souris d'un vague neveu, non ?

« Il ne s'est rien passé. »

Je l'affirmai avec raideur.

Je lui lançai un regard noir.

Voyons, je n'avais quand même pas emmené Aurora à mon hôtel pour lui parler prosodie grecque, si ?

Elle lui avait raconté le bain. Elle lui avait sans doute parlé de l'album. Elle lui avait sûrement confié qu'elle avait ouvert le col de mon kimono. Il avait tout le dossier en main. Les informations s'accumulaient. À charge, évidemment, pour le jour où il en aurait besoin.

Je n'essayais pas de lui voler sa petite amie. C'était sa petite amie à lui. Par ailleurs, je commençais à me demander s'il l'aimait vraiment.

« Ah ouais ? »

Quel jeu imbécile : la Femme visible. Elle n'était pas la somme de soixante-dix-neuf pièces. L'amour n'était pas un exercice d'assemblage. Peut-être ressentais-je un petit quelque chose pour Aurora. Pas question de le nier. Pas face à ce petit merdeux mal élevé incapable d'apprécier ce qu'il avait.

Alors que moi, je l'appréciais ?

Oui.

Ce bon vieil Asher, l'appréciateur en chef.

Il n'avait, lui dis-je, pas la moindre conception de ce qu'était l'amour. Ah ça, il s'y connaissait en mots salaces, précis ou pas, mais il n'avait pas la moindre idée, lui dis-je, de ce qu'était l'amour en dehors des mots.

« Ah ouais ?

— Parfaitement. »

Il débordait d'amour.

« Foutaises. »

Étais-je en train d'acquérir son vocabulaire, ou était-ce lui qui avait hérité du mien ?

Peu importait le vocabulaire. Un petit salopard était un petit salopard.

Pourquoi pas, un soupçon de saloperie courait dans les gènes de cette famille, non ? Les rejetons en étaient pleins. Nous descendions tous de là. Une véritable dynastie.

Mais bon sang (en disant cela je me mis à secouer la tête en signe d'incompréhension et de pitié hautaine), qu'est-ce qu'une fille comme Aurora pouvait bien voir en lui ?

Voulais-je qu'il me décrive précisément, en respectant les positions, ce qu'elle y voyait ?

Manquait plus que ça. Il se flattait.

« Ah ouais ? »

Parfaitement. Il n'était pas un si bon coup que ça ; s'il m'accordait le droit d'employer mon argot antique.

Vrai.

Autodénigrement factice.

Une fille comme ça. Aussi jeune. Aussi belle. Mon Dieu. Elle n'avait pas besoin de lui. Même moi je serais un compagnon plus drôle pour rouler dans les blés.

Pas plus drôle. Pitié. Je n'avais pas le droit de lui enlever ça. Pas plus drôle.

J'en avais assez entendu. Je me levai. Je me sentais vieux

et malade ; j'étais désarmé par la colère et j'avais honte de moi ; je ne comprenais pas comment ni pourquoi je m'étais laissé entraîner aussi loin avec ce garçon. Je ne me serais pas cru capable d'échanger des coups aussi bas, assis face à lui, alors que j'avais le double de son âge. J'étais secoué par la haine. Je ne le haïssais pourtant pas. Je me répétais que je ne le haïssais pas. C'était quoi, alors ? D'où venait donc cette haine qui avait le goût de la haine mais dont je me jurais qu'elle n'en était pas ? De quel chaudron, de quelle fournaise ? Je me détournai et quittai la cafétéria. Il resta assis, paupières baissées, mince, sombre, laissant tomber une cigarette dans le café froid qui stagnait au fond de son gobelet en carton.

28

Elle se mit à hurler. Si seulement elle avait été là. Oh, si seulement elle avait vu ça. Les combats les plus merveilleux avaient toujours lieu en son absence.

Je dis sèchement : « Je ne comprends pas pourquoi tu continues à le voir. »

Vraiment ?

Non.

« Mais je l'aime, Asher. »

Elle le disait toujours d'une voix légèrement perplexe, comme si cette réalité la fascinait aussi : le fait qu'elle l'aimât.

Bien sûr, je ne pouvais pas insister pour qu'elle cesse de voir Michael ; tout ce que je pouvais faire était annoncer plutôt pompeusement que, de mon côté, je n'avais pas l'intention de le revoir, jamais. J'avais l'espoir que cela n'affecterait pas notre relation. Elle dit que non, bien sûr. Je dis qu'elle était importante pour moi.

Elle l'était, vraiment ?

Oui.

Ça lui plaisait, ça. Être importante. De quelle façon était-elle importante ?

Oh, simplement en étant là.

« Asher ?

— Oui.

— Je ne vais pas coucher avec toi, tu sais. »

Je savais.

« Je suis sérieuse. »

Je savais qu'elle était sérieuse.

« Dîner, oui. Aller au cinéma, oui. Être amis. D'accord ?

— D'accord. »

On aurait dit un numéro de ventriloque.

Elle éclata de rire.

« Oh, mince, dit-elle. Si seulement j'avais vu ça. Est-ce que Michael a été odieux ? »

C'était le moins que l'on pût dire.

« Être odieux, ça le connaît », dit-elle. Et elle rit. « Tu as dû avoir envie de l'étrangler. Il a ricané ?

— En expert.

— Ricaner aussi, c'est son truc », dit-elle. Et elle rit. « Je vais l'abattre à coups de revolver. Je l'ai prévenu. Un jour, il va me rendre tellement dingue que je vais lui tirer une balle en plein dans ses *cojones* plaquées or.

— Elles le sont vraiment ?
— Quoi ?
— Plaquées or ? »
Et elle rit.
« Michael pense que oui.
— Tu ne tirerais pas vraiment ?
— Ça ! Et pourquoi pas. Je te l'ai dit : je suis une ritale vraie de vraie. Si on m'énerve comme il faut, je suis capable de tout. Ou... »
Elle s'interrompit.
« Ou quoi ? »
Et elle sourit. D'un sourire charmant.
« Ou si on me fait rire comme il faut », dit-elle.
Je n'avais aucun doute là-dessus : l'énerver, la faire rire. Deux leviers d'une puissance équivalente.

29

J'avais pris l'habitude de faire de courtes siestes dans l'après-midi. Passé cinquante ans, comme aurait dit mon dentiste, on se met à faire la sieste l'après-midi. Les siestes, j'imagine, deviennent de plus en plus longues. Tout se termine par un genre de sieste, d'ailleurs.

Quoi qu'il en soit, je m'allongeais sur le sofa, je desserrais ma cravate, je retirais mes chaussures et je m'endormais. Un après-midi, une semaine environ après ma dispute avec Michael, Aurora entra dans ma suite grâce à la clé que je lui avais confiée. Je lui avais dit d'en faire usage comme bon lui semblait. Elle pouvait venir travailler, se reposer, ou même se doucher quand elle était dans le quartier. Durant la semaine qui venait de s'écouler, j'avais scrupuleusement évité de parler de Michael. La vérité, c'est que malgré le fait que je le considérais comme responsable de notre querelle, je me rendais compte qu'il me manquait ; pas cruellement, pas énormément, mais assez pour que je me sente un peu morose. À l'époque où je sillonnais la ville en sa compagnie, je ne faisais pas la sieste l'après-midi.

Aurora me regarda dormir. Il y avait un compotier de fruits sur la table basse, parmi les magazines éparpillés ; elle prit une orange et s'assit dans le grand fauteuil, près de la fenêtre, en attendant que je me réveille. Elle enleva ses souliers. Elle regarda par la fenêtre. Le crépuscule s'étendait sur le parc. Les arbres étaient presque japonais dans leur dénuement. Elle pela l'orange. Elle mangea l'un des quartiers. L'orange était sèche. Elle recracha les pépins dans sa main et se leva pour les jeter dans la corbeille. Elle se regarda dans le miroir qui était au-dessus du sofa où j'étais étendu. Je ne m'étais pas rasé. J'avais desserré ma ceinture. Elle était pâle dans le miroir. Elle s'était très peu maquillée pour l'occasion. Elle retourna s'asseoir dans le fauteuil.

J'ouvris les yeux. Elle était là, dans le fauteuil, avec l'orange. J'étais enchanté. C'était délicieux de s'éveiller d'un sommeil plus ou moins troublé, pour la trouver là. Je m'assis et bâillai. Je me levai et croisai mon reflet dans le miroir. Je grimaçai. J'avais dans la bouche un goût de sommeil et de cigarettes. Elle sourit, vaguement, en voyant l'expression qui s'était dessinée face au miroir. Je me rendis dans la kitchenette pour me rincer la bouche et boire un peu d'eau. Elle entendit l'eau éclabousser la surface en métal de l'évier.

J'imagine que cet après-midi, alors qu'elle s'était introduite dans ma chambre, m'avait vu endormi, s'était assise dans le fauteuil, avait pelé l'orange, s'était examinée dans le miroir, tandis que le crépuscule tombait sur les arbres dénudés, que je m'éveillais, allais dans la kitchenette, me rinçais la bouche, elle s'était demandé, entendant l'eau couler, si elle avait l'air suffisamment troublé. Si elle avait l'air assez pâle. Si le fait de manger l'orange était la touche adéquate. Si j'avais remarqué qu'elle était différente de d'habitude. Moins gaie, moins légère. Si j'avais remarqué l'air affligé finement calculé.

Je finis par remarquer.

Je dis : « Qu'est-ce qu'il y a, mon poussin ? Qu'est-ce qui t'arrive ? »

Maintenir l'air qu'elle désirait avoir exigeait un certain assombrissement de ses yeux. Une certaine voussure des épaules. Cela exigeait qu'elle apparaisse comme petite. Et excessivement sans défense.

Je traversai la pièce.

Je dis : « Il y a quelque chose », et je m'agenouillai près du fauteuil pour plonger mon regard dans ses grands yeux. Ils étaient tels qu'elle avait envie qu'ils soient : beaux et troublés.

Elle dit qu'il n'y avait rien. Bien sûr, je n'en crus pas un mot. Il y avait très évidemment quelque chose. Elle dit qu'elle n'avait aucun droit de m'imposer le fardeau de ses difficultés. Les difficultés, lui dis-je, étaient le seul fardeau qu'un ami pouvait supporter. Et j'étais son ami. Pas très à l'aise, agenouillé comme je l'étais à l'instant, mais son ami quand même. Le crépuscule continuait de tomber. Les arbres se désincarnaient de plus en plus dans le parc. Elle dit, détournant à peine son visage, qu'elle irait mieux bientôt, elle se sentait, dit-elle, juste un peu triste. Je lui pris la main. Je suis, comme l'aurait peut-être dit Michael, ce genre de type. Paume chaude et rassurante serrée contre paume perturbée.

Je dis : « Écoute, il y a quelque chose. Je sais qu'il y a quelque chose. Ne sois pas bête. Dis-moi. »

Silence.

Adoptant la voix qui correspondait très exactement à l'effet qu'elle voulait produire, elle murmura : « C'est ma mère.

— Elle est malade ?

— Oui.

— Très ?

— Assez.

— De quoi s'agit-il ?

— Une tumeur, je crois.

— Le docteur n'est pas sûr ?

— C'est pour ça qu'il veut qu'elle aille à l'hôpital.

— Eh bien emmène-la.

— Avec quel argent ?

— Elle n'a pas d'assurance médicale ?

— Non. »

Elle prit l'orange sur ses genoux.

« Arrête », lui dis-je.

Je pris l'orange et la gardai dans ma main.

Je dis : « De combien elle a besoin ?

— Deux cents dollars », dit-elle.

Elle n'avait pas bougé. Elle ne leva pas les yeux. Elle avait l'air, pensai-je, effrayée, un peu effrayée. Elle avait semblé très légèrement effrayée quand elle avait dit « deux cents dollars ». Je me levai. J'avais mal aux genoux ; je n'étais plus armé pour demeurer longtemps dans cette position. Ma ceinture était toujours desserrée et mon pantalon, qui tombait un peu, dessinait un accordéon triste sur mes chevilles et sur mes chaussettes. À nouveau, je croisai mon reflet dans le miroir : mes cheveux étaient beaucoup plus gris quand ils n'étaient pas peignés. Je gagnai lentement, sans un bruit, la penderie de ma chambre où se trouvait mon manteau et je tirai mon carnet de chèques de la poche poitrine. Je revins dans le salon et m'assis pour écrire la somme. Deux cents dollars. Je signai.

Le saisissant comme elle avait prévu de le saisir, elle examina le chèque. J'imagine qu'elle prit peur, à présent qu'il était dans sa main. J'imagine qu'elle craignit soudain que son mensonge crée une tumeur réelle chez sa mère. Ce genre de choses arrivait. Si seulement je n'avais pas été en chaussettes. Si seulement mon pantalon n'avait pas pendu tristement.

Elle me rendit le chèque.

« Non, dit-elle.

— Non, quoi ?

— Ma mère n'a rien.

— Quoi ?

— Oh, et puis merde, dit-elle. Tu veux que je te fasse un dessin ? Il n'y a pas de tumeur. »

Je la dévisageai.

Elle se leva de la chaise. Ses yeux furieux étaient rivés sur le sol.

« Où est-ce que j'ai foutu mes chaussures, punaise ? » dit-elle.

Mais, alors que j'étais abasourdi, alors que je tenais le chèque comme un imbécile, alors qu'elle s'affairait, retrouvait ses chaussures, les enfilait avec brusquerie, j'avais la certitude que quelque chose n'allait pas. Je m'approchai d'elle. Je posai les mains sur ses bras. Je suis, comme l'aurait dit Michael, ce genre de type.

Je dis : « Ne fais pas l'imbécile. Tu as vraiment besoin de cet argent. Si ta mère n'a rien, quel est le problème ? »

Elle refusait de répondre. Elle avait simplement l'air très en colère.

« Bon, Aurora. Qu'est-ce qui se passe ? »

Je faisais preuve de fermeté. J'étais, à nouveau, ce genre de type, le genre patient. Son aîné plein d'expérience.

Elle dit, à contrecœur (je lui arrachais une explication contre sa volonté, je la forçais à m'avouer) : « C'est mes frais de scolarité. Il me faut cent cinquante dollars pour le prochain semestre, et je ne les ai pas. »

J'imagine qu'une expression de reproche se peignit alors sur mon visage.

« Et ta mère n'a pas vraiment de tumeur ?

— Ma mère, dit-elle, enragée, n'a même pas la cinquième carte d'un flush.

— Mon poussin, ce n'était pas la peine.

— De quoi ?

— De me mentir.

— Oh, merde. L'école. Ça faisait tellement bête.

— Et c'est ça qui te rend si triste ?

— Je déteste avoir besoin d'argent.

— Qui aime ça ? »

Nouvelle étape : le soulagement. Le sourire tendre. Je serre dans la mienne sa main malheureuse. Les choses que je fais avec les femmes ne varient pas. Je me vois, au fil des années, avec le temps qui passe, serrer dans la mienne des mains malheureuses. J'entends ma voix pleine de sollicitude.

« Mon poussin, cent cinquante dollars, ce n'est pas une catastrophe à grande échelle. »

Bien sûr, à cet instant, la seule chose à laquelle elle pensait, comme elle me le confia plus tard, c'était qu'à la première occasion elle tuerait Michael. Elle lui couperait ses foutues roubignolles et les mettrait à frire. Et, bien sûr, il y avait mon pantalon qui descendait. Elle sentait qu'à cause de ça, elle risquait d'éclater de rire d'une minute à l'autre. J'allais perdre mon pantalon, elle rirait et quelqu'un lancerait une tarte à la crème. Tout collait.

« Le chèque est rédigé, poussin, dis-je. Prends-le. »

Et voilà que je lui rendais le bout de papier.

« Asher, je n'ai pas vraiment envie de le prendre.

— Calme-toi.

— Franchement. Je vais trouver l'argent. Ailleurs. »

Cet « ailleurs » était courageux et vague. Il me fit plier le chèque, ouvrir son sac à main et l'y glisser.

L'air bouleversé, aussi bouleversé qu'elle avait prévu de paraître, elle dit : « Oh, Asher. »

L'allégresse m'envahit. On peut dire que dans des moments similaires, après avoir ainsi sauvé, soulagé une femme financièrement, lui avoir retiré ce souci et lui avoir ainsi prodigué un sentiment de sécurité, je me sentais, en général, très allègre. Je l'entourai de mes bras. Elle se pencha légèrement vers moi. Sa chaleur me pénétra. Je suis, comme l'aurait dit Michael, ce genre de type, le genre à s'émouvoir facilement d'une pénétration comme celle-là.

Je dis : « Je refuse tout simplement que tu sois malheureuse, mon poussin. J'aime l'idée que tu étudies. J'aime que tu veuilles devenir avocate. Paie tes frais de scolarité et quitte cet air lugubre. »

Elle s'efforça de ne plus avoir l'air lugubre.

« C'est mieux. Souris, maintenant. »

Elle eut un sourire tremblant.

« Voilà. C'est bien. Maintenant dis-moi où tu veux que je t'emmène dîner. »

30

Mais je ne dînai pas avec Aurora ce soir-là. Elle me supplia de lui pardonner, elle était si fatiguée. Demain, peut-être, pourrions-nous dîner ensemble, sur Lexington, pourquoi pas, ou dans l'un des restaurants polonais.

J'hésitai un instant avant de lui demander si elle allait voir Michael. Elle jura que non. Elle allait rentrer directement chez elle et plonger dans un bain chaud. De plus, elle était furieuse contre Michael.

« Ah, oui ? »

Elle avait, dit-elle, un arrière-goût immonde dans la bouche quand elle pensait à lui en ce moment.

« Ah, oui ? »

Elle rentrerait directement chez elle, se ferait couler un bain chaud et marinerait tranquillement.

« Ah, vraiment ? »

Je l'embrassai à la porte de la chambre. Puis elle partit, longea le couloir silencieux de l'hôtel, encombré d'aspirateurs, de tables roulantes chargées de vaisselle, pelotonnée dans son rat musqué, le chèque bien plié dans son sac à main qu'elle serrait sous son bras. J'attendis jusqu'à entendre le bruit de l'ascenseur, puis retournai dans la chambre, me regardai dans le miroir et me dis qu'il faudrait que je me rase. Il était presque six heures et j'ignorais ce que j'allais faire de moi-même. Jusqu'à ce jour, Michael avait empli mes après-midi, tandis qu'Aurora se chargeait de mes soirées. À présent que je m'étais disputé avec le garçon et qu'elle était rentrée chez elle pour mariner dans un bain chaud, je me sentais à nouveau perdu.

Je dînai et eus l'idée d'aller au théâtre. Je marchai sur Broadway dans le froid, longeai les magasins de vêtements, les bazars, regardai quelques-unes des photos de jeunes hôtesses affichées à l'entrée des dancings et lus les derniers titres des premières éditions sur les journaux empilés devant les kiosques, puis je décidai de voir s'il était possible d'obtenir une place pour une des toutes nouvelles pièces. Je n'étais pas allé au théâtre depuis des années. On ne pouvait tout simplement pas y aller en Californie. Non que cela me manquât, mais c'était une habitude que j'avais à l'époque où j'habitais à New York. Je n'eus aucune difficulté à trouver un billet pour la pièce à succès du moment ; apparemment, seules les comédies musicales affichaient complet. Je déposai mon manteau au vestiaire et, après avoir gagné mon fauteuil, je me mis à penser qu'il était un peu étrange qu'Aurora se soit embêtée à inventer cette histoire abracadabrante à propos d'une tumeur qu'aurait eue sa mère ; si c'était un mensonge, c'était un des plus cruels qui fût. Je comprenais qu'elle eût voulu trouver un motif plus grave pour emprunter de l'argent, car il m'apparaissait clairement à présent qu'elle n'était venue à l'hôtel que parce qu'elle espérait ou avait prévu de m'emprunter de l'argent. Ce que je ne comprenais toujours pas, c'est la raison pour laquelle elle avait inventé puis rejeté cette histoire fort déplaisante de tumeur. Je décidai qu'elle avait eu honte de demander de l'argent et qu'elle avait donc sorti la première chose qui lui était venue à l'esprit. Cela dit, pourquoi la tumeur (quelque chose d'aussi affreux et irrémédiable) aurait-elle été la première chose à lui venir à l'esprit ? La pièce commença.

Elle se déroulait dans le Connecticut, au sein d'une grande maison de banlieue élégante pourvue d'un placard à alcools apparemment inépuisable. De mon temps, les pièces qui se déroulaient dans le Connecticut au sein de grandes maisons de banlieue élégantes comportaient trois actes. Dans mon souvenir, de petits bavardages sans intérêt intervenaient entre les dialogues plus importants, et je fus heureux de constater que cela, tout au moins, n'avait pas changé. Il y avait peut-être même davantage de dialogues importants que de mon temps. Ou, pour l'exprimer un peu différemment, le bavardage était sensiblement plus chargé qu'à mon époque. Quoi qu'il en soit, la pièce traitait du malheur contemporain.

La pièce semblait dire que nous étions malheureux, pas seulement dans le Connecticut, mais, par inférence, dans n'importe quelle grande maison de banlieue élégante, parce que quelque chose, dans la façon que nous avions de vivre aujourd'hui, nous empêchait de vivre une vie au sein de laquelle on éprouverait le bonheur vrai. Nous faisions de notre mieux, mais notre mieux menait au pire. Nous avancions en âge mais pas en sagesse. Nous n'étions pas vraiment des gens bien. Nous ne savions pas pourquoi nous étions tels que nous étions, mais on soupçonnait que c'était à cause de quelque chose dans l'air, un genre de contamination de l'air américain. La pièce ne se terminait pas mal, mais on ne pouvait pas pour autant dire qu'elle se terminait bien. On aurait plutôt dit qu'elle ne se terminait pas. Elle finissait simplement par s'épuiser elle-même à force de questions issues d'un certain malaise. Je sortis du théâtre. Il avait plu pendant la représentation et les policiers portaient leurs grands impers. Je demeurai un instant devant la vitrine d'une boutique de crêpes et regardai la foule passer. Je vis une fille rousse en pantalon de ski vert et bottes de cuir qui portait un carton à chapeau. Une vieille femme qui marmonnait toute seule. Une putain. Un Noir portant béret. Un Noir vêtu d'une parka bleue. Un vieux Noir en salopette, un seau à la main, mâchonnant un cigare et portant un harnais de laveur de carreaux. Une fille aux mollets forts comprimés par des bottes noires. Ils passaient. Je n'avais pas encore envie de rentrer à l'hôtel. Je commençai à marcher sous le léger crachin. Je pensais à ma femme. J'étais content de pouvoir y penser à présent sans grimacer. Je pouvais la regarder en face. Je voyais la main se glisser sous le pull pour dégrafer le soutien-gorge, et je ne grimaçais pas. Je pouvais me représenter cette scène. Il y avait encore de l'espoir pour moi.

Tout ce qu'il me fallait, c'était un maquilleur de talent, une double ration quotidienne de germes de blé et un peu moins de cigarettes. Il restait quelque chose à sauver après tout. Je me sentais assez bien pour envisager qu'il serait peut-être amusant d'aller dans l'une des discothèques du quartier pour boire un verre au bar en solo et en profiter pour admirer la faune. Je n'avais pas de femme qui m'attendait à la maison à minuit précis à Des Moines. Ni où que ce soit d'autre.

Je descendis. Le bar était là, et la discothèque aussi, bien sûr. Les filles qui animaient la soirée dansaient sur une petite plateforme surélevée par rapport à la piste. Les lumières étaient faibles en bas et intenses en haut. Des chaînes dorées qui pendaient du plafond soutenaient la plateforme sur laquelle évoluaient les danseuses. Cela ressemblait à une cage. Au Beni-Bashi, à Tokyo, les filles attendaient dans une cage en bambou. On regardait dans la cage et on faisait signe à la fille qu'on préférait. On dînait avec elle, on dansait avec elle. Au Cherry Club, les filles étaient assises sur des divans et on ne dansait pas. Je me souvins soudain du nom d'une fille au Cherry Club. Noriko. Elle était rasée. Intégralement. Parfaitement lisse. La musique dans la discothèque était forte et les pulsations étaient lourdes. Les filles exagéraient leurs mouvements de hanches, bien ancrées dans le sol, faisant miroiter leurs sequins, faisant s'agiter les pompons de leurs costumes. C'était une ambiance très jungle. Jungle de Broadway. Jungle pour cols boutonnés.

Je descendis aux toilettes des hommes. Penché sur l'urinoir, accompagné par le doux murmure de la perpétuelle, bien que menue, chute d'eau, un petit homme rougeaud fredonnait un chant sudiste :

Je suis un rebelle réactionnaire
C'est ce que j'ai toujours été
Et votre contrée libertaire
Vous pouvez vous la garder.

« Un coup de cirage ? » proposa le vieux Noir employé là. Je secouai la tête. Le petit choriste rougeaud secoua ce qu'il avait à secouer et quitta l'urinoir. Il était joyeusement rond. Son accent n'était pas du Sud. Plutôt irlandais de Brooklyn. En haut la musique vrombissait. Le joyeux chanteur ne donna pas de pourboire au vieil employé. Il avait également oublié de refermer sa braguette. Il se mit à gravir les marches en marbre. Il retournait à la musique. « Je hais la nation yankee, chantait-il, c'est ce que j'ai toujours dit. » Je jetai un regard à l'employé noir. Il me fit un clin d'œil. Lui non plus n'avait pas l'intention de le prévenir. « Et je hais la Déclaration d'indépendance – pardessus tout. » Nous le regardâmes disparaître en haut de l'escalier. Je me dis que sa braguette ouverte ajouterait sans doute quelque chose à la gaieté ambiante. J'actionnai la chasse d'eau, donnai un pourboire à l'employé et remontai. J'étais plus ou moins prêt à regagner mon hôtel.

La seule chose contre laquelle je demeurais impuissant était l'insomnie. Je n'éprouvais aucune difficulté à trouver le sommeil. Là n'était pas le problème. Mais il y avait quelque chose d'effrayant dans le fait que mes yeux s'ouvraient quasi automatiquement, dans la profonde obscurité de ma chambre, presque chaque nuit et – c'est ce qui était le plus troublant – presque toujours à la même heure. Il faisait nuit, le jour n'était pas encore levé, et pourtant la nuit était terminée. J'avais l'impression de me retrouver piégé entre une fin et un commencement. Quelle était la chose qui me réveillait ainsi en sursaut ? C'était comme si une horloge dont je n'entendais pas le tic-tac en moi avait déclenché son alarme avec insistance, comme pour me signaler qu'il était l'heure que je m'éveille. Je restais allongé là, m'efforçant de ne penser à rien, mais l'horloge invisible et sans mécanisme qui m'avait réveillé semblait vouloir me signifier que c'était justement la raison pour laquelle elle m'avait tiré du sommeil. Pour penser. Mais penser à quoi ? Quelle était la question qui requérait à elle seule tant de réponses ? Si on me réveillait pour y répondre, pourquoi la question n'apparaissait-elle pas ? J'aurais alors eu une chance, même minime, d'y parvenir. Mais rien ne me venait tandis que ma tête reposait sur l'oreiller plus si confortable de l'hôtel entièrement plongé dans le sommeil, dont le room service était fermé, un hôtel situé au cœur d'une ville dont la vie elle-même semblait, à cette heure, suspendue. Ne restaient que l'impossibilité de se rendormir, l'absence d'envie de lire et la dislocation des objets dans le noir. Vers le matin, quand la lumière se faisait enfin et que j'entendais les premiers camions dans la rue, la nécessité que j'avais ressentie de répondre à la question qui refusait de se formuler semblait me quitter et je me rendormais alors. Durant la journée elle-même, le fantôme de ces heures d'insomnie finissait par s'effilocher pour disparaître complètement.

Vers trois heures de l'après-midi, le lendemain, j'entendis à nouveau la clé tourner dans la serrure. Serrant ses livres de droit contre sa poitrine, Aurora fit son entrée dans la suite. Elle avait l'air encore plus pâle. Elle posa les livres et ouvrit son sac. Elle en sortit le chèque que je lui avais donné la veille. Elle le plaça sans un mot sur le bureau, à côté de mon album de photos.

Je la regardai, puis je regardai le chèque. Le geste était sans équivoque. Elle refusait l'argent. Je pensais savoir pourquoi. C'est-à-dire que parce qu'elle était si pâle et si silencieuse, je crus que je comprenais pourquoi elle refusait l'argent. Je rougis. Mon Dieu : j'étais certain de n'avoir rien sous-entendu de ce genre. Cela ne m'avait pas même effleuré l'esprit. Enfin, si peu. J'avais donné cet argent sans arrière-pensée. Aucune condition suspensive, aucune clause obscène dans le contrat. Pas le moindre lien entre mon soutien et la visite du matelas le plus proche. Deux cents dollars ! Il m'était arrivé de perdre deux cents dollars en un après-midi aux courses. J'avais déjà dépensé de telles sommes pour des choses beaucoup plus futiles qu'un semestre de scolarité. Il ne fallait pas qu'elle ait ce genre de remords à retardement. Elle aurait dû ne pas en tenir compte. Se contenter de sourire. De se montrer reconnaissante ou non. De payer ses cours. De voir ça comme un don charitable. De me traiter comme une sorte de fondation privée qui aurait eu pour but d'aider les bourgeons des faubourgs en difficulté à poursuivre de brillantes études. D'oublier. D'aller son chemin. À présent qu'elle avait rapporté le chèque, le simple fait que je l'aie signé prenait soudain une connotation scélérate.

Elle se tenait là, comme si elle avait eu une tâche pénible à accomplir et s'était endurcie à dessein. Pour notre malheur à tous deux. Hier elle avait eu l'air malheureux ;

aujourd'hui elle avait l'air de quelqu'un qui a commis un crime.

« Qu'est-ce que cela signifie ? demandai-je en désignant le chèque sur le bureau.

— Je te le rends.

— Tu ne vas pas payer tes cours ?

— Non.

— Ils vont te renvoyer.

— Mes cours sont déjà payés. »

C'était donc ça. J'étais glacé de surprise. Sa mère n'avait pas de tumeur, ses cours étaient payés. C'était comme l'insomnie. Une question lancinante dans l'obscurité à propos de quelque chose que je ne parvenais pas à formuler.

« Mais tu m'as dit qu'ils n'étaient pas payés. Tu as dit que tu avais besoin de cet argent pour régler les frais de scolarité. »

Même à mes propres oreilles j'avais l'air d'un imbécile.

« J'ai menti.

— À propos des cours ? Et à propos de ta mère ?

— Oui. »

Une confession piteuse. Un millefeuille de mensonges. Mais pourquoi ? Elle avait rendu le chèque. C'était incompréhensible. Le chèque était là, rendu.

« Tu n'as pas besoin de l'argent ?

— Pas pour les cours.

— Enlève ton manteau. »

Elle l'avait gardé sur elle. Elle et lui, même engeance : ils ne retiraient pas leurs manteaux quand ils me rendaient visite.

« J'y vais.

— Tu n'es pas restée bien longtemps.

— Je ne suis venue que pour te rendre le chèque.

— Pourquoi ?

— Je te l'ai dit.

— Tu m'as dit que tu n'en avais pas besoin pour les cours. Tu n'as pas dit que tu n'en avais pas besoin du tout. »

Elle ne répondit pas.

« Pourquoi as-tu rapporté ce chèque ?

— Il est à toi.

— Je te l'ai donné.

— Je suis une garce. Je prends ce qui ne m'appartient pas. Et après, je le rends.

— Quelque chose cloche. Ça n'a pas de sens. Qu'est-ce qui t'arrive, Aurora ?

— Je suis la reine.

— La reine de quoi ?

— La reine du bal. De quoi d'autre ?

— Quel bal ? De quoi parles-tu ?

— Le bal de la foirade, bien sûr, fit-elle. La reine de la foirade, voilà ce que je suis. » Elle s'assit et se mit à pleurer.

Oh, ça oui, elle pleura. Elle pleura comme elle en avait eu l'intention et elle me laissa lui enlever son manteau, comme elle avait prévu que je le ferais, puis elle me permit de lui retirer ses chaussures, comme elle avait pensé qu'elle m'y autoriserait et se laissa enfin convaincre de boire un verre, car cela aussi, elle l'avait prémédité. Je m'affairai. Je suis, comme l'aurait dit Michael, le genre de type à s'affairer.

Il était donc trois heures environ. Les chiffres lumineux qu'affichaient les grandes horloges en attestaient. En bas, dans la salle de bal principale, l'association des chapeliers et des chauffagistes de la ville de Danbury organisait sa convention annuelle. Une calèche élégante caracolait dans le parc : le cocher jovial arborait des tournesols en cire sur son chapeau haut de forme. Quelque part le premier cocktail de la journée s'agitait dans un shaker. Dans leurs cages verticales récemment rénovées, les ascenseurs montaient et descendaient avec douceur.

Et moi, je m'affairais. Je tournicotais nerveusement. Elle avait choisi le coin le plus éloigné du sofa vert pour pleurer tout son soûl. Je disparaissais, je réapparaissais, les glaçons tintaient dans le verre. Elle le réchauffa entre ses mains. Je la convainquis de boire. Elle but. Je lui demandai de ne pas pleurer. Elle cessa de pleurer. J'estimai qu'il s'agissait d'une victoire. Elle demeura assise dans ce qui se mit à ressembler à un silence accusateur.

« Aurora, voyons.

— Quoi ?

— Par pitié. »

Un gouffre s'ouvrit. En quelque sorte. Elle y plongea son regard moqueur.

Elle était allée à une fête. Une fête spéciale. C'était là que c'était arrivé. Cette nuit-là. À la fête.

Quelle fête ?

Oh, des nases qu'elle connaissait. Mariés récemment. Lui chantait dans des réclames. Ils avaient toutes ses cassettes. Et ils ne s'étaient pas privés de les passer. Elle n'avait pas dîné.

C'était quand, cette fête ?

Suffisamment longtemps pour que ça colle.

C'était à la fête que ça avait dû arriver. Elle avait bu. Elle était complètement cuite. Six martinis. Des bombes.

Et les gens n'arrêtaient pas d'arriver. C'était étouffant. Bien sûr, elle aurait dû manger quelque chose. Elle allait dégobiller d'une minute à l'autre. Alors elle était allée dans la chambre. Elle avait la nausée, et tout. Elle s'était effondrée sur les manteaux. Les fourrures, les vestes en daim. Et elle s'était évanouie. Carrément. Elle avait totalement perdu connaissance.

Et ?

Et... Et... Ben, elle s'était réveillée. Avec un type inconnu allongé sur elle. La robe relevée jusqu'au ventre. Sacré tableau, non ? Elle aurait mérité de recevoir le prix du meilleur costume. Elle n'avait pas réussi à savoir qui était ce fils de pute. Il avait fait son affaire et s'était barré. Dans le noir. Quelle gueule de bois. Elle s'était fait baiser, par Louis Crados. Aurais-je la gentillesse de lui remplir son verre ?

Le plus lentement du monde, je me rendis dans la cuisine pour lui servir un autre verre.

Regagnai la chambre.

Tendis le verre en silence.

Verre accepté en silence.

Assis de nouveau.

Regards.

Des enfants, vraiment, des enfants. Et leurs terribles jeux d'enfants terribles.

Saint Patrick fit résonner son glas. Électroniquement, bien sûr. Le Christ lui-même était en polystyrène.

31

La cafétéria se trouvait dans un sous-sol caverneux situé au pied d'un immeuble de bureaux. On y ressentait le poids oppressant de tous les étages. Une plaque en métal identifiait l'endroit comme abri antiaérien en cas d'alerte à la bombe. Je passai la porte à tambour. Je vis aussitôt Michael, assis à une table carrée recouverte de formica, dans la lumière blafarde. Aurora avait dit que je le trouverais là. Tard dans l'après-midi, c'était toujours là qu'il traînait avec ses amis. Ceux qui, à l'évidence, se trouvaient autour de la table avec lui étaient les amis en question. La lumière de la cafétéria, comme raréfiée par le poids de l'immeuble de bureaux qui la surplombait, était pâle et grisâtre. De la vapeur s'élevait des viandes disposées dans les étuves. Il était un peu plus de cinq heures et l'endroit était vide à l'exception de Michael et de ses amis, ainsi que de deux ou trois silhouettes voûtées qui mangeaient en silence dans la lumière grisâtre. Un serveur passait la serpillière sur le sol carrelé. J'observai un instant les gestes d'un homme au comptoir qui retournait des côtelettes de veau dans une poêle à l'aide d'une paire de pinces. Il faisait en sorte que la viande ne sèche pas. Un fracas caverneux et constant de vaisselle emplissait l'atmosphère où régnait aussi un morne mouvement incessant sous la lumière faiblarde. Ce lieu aurait pu être la cantine d'une vaste prison très moderne. Je vis Michael lever les yeux vers moi tandis que je m'approchais de la table.

« Je vous présente Asher, fit-il à la cantonade. Nous sommes parents.

— Déshéritez-le », me dit l'un de ses amis. Il portait un long cache-col en laine. « La famille est maudite.

— Je peux te parler ? demandai-je à Michael.

— Assieds-toi. »

Je m'assis. Il y avait des tasses à café vides ou à moitié vides sur la table. Du café s'était renversé dans les soucoupes et ils avaient éteint leurs mégots dans le café répandu. Je regardai les amis. Le premier avait un nez grand et violet. Le deuxième était chauve. Le troisième, noir. Le dernier portait le long cache-col. Michael souriait. On était sur le point de m'administrer un divertissement.

« Vous avez entendu parler de la branche homo du B'nai B'rith ? » lança le chauve.

J'avouai que non.

« Ils appellent ça le B'nai Gay, poursuivit le chauve. Faudrait que vous voyiez ça, mon chou. Les bagarres qu'ils se livrent à Pourim. Tout le monde veut jouer le rôle de la reine Esther. »

Rires.

« Écoutez, fit celui qui avait un nez incroyable. Vous voulez investir dans un plan sûr ? J'ai ce qu'il vous faut. »

Vraiment ?

« Le clos Viêt Nam. Une résidence. Bon, d'accord, il y a des cratères de mines un peu partout. Mais bon sang, quel panorama ! Toutes ces rizières à perte de vue. D'une beauté. On va y ajouter un bordel en drive-in.

— Et pourquoi pas un temple réformé en drive-in ?

— Avec un rabbin chinois.

— Pourquoi chinois ?

— T'es sectaire ou quoi ?

— Et le supermarché, il est où ?
— Au coin de la rue.
— Nase. Trop loin. »

L'un d'eux, un cinquième larron en fait, vêtu d'un costume trop large qui pendait sur ses épaules, se dirigea vers la table à grandes enjambées depuis le fond de la cafétéria.

« À qui tu téléphonais, Herbert ? »

Herbert revenait apparemment de passer un coup de fil.

« Mon agent de change.
— Comment est le marché ?
— Fluctuant.
— Tu as entendu celle de l'investisseur qui a sauté du seizième étage de la maison de courtage en apprenant que son action avait perdu vingt points ?
— Non.
— Avant qu'il touche le bitume, il était redevenu millionnaire. »

Je souris, un peu douloureusement. C'étaient les amis de Michael et c'était là qu'il passait ses fins d'après-midi.

« Il pleut ?
— Pourquoi ?
— Je crois que je vais me taper une fille s'il pleut.
— Meeeerde », fit le Noir. On entendait à peine son accent traînant de la Caroline. « Tu sais ce que c'est, mon problème ? Mon problème, c'est que j'ai pas de problème.
— Lequel d'entre vous, bande de salopards, a foutu de la cendre dans mon café ?
— C'est pas des cendres. C'est le café qu'est comme ça. »

Je trouvais que le divertissement avait assez duré. Il fallait que je parle à Michael. À l'abri des mots d'esprit. Il s'extirpa lentement de sa place et nous nous installâmes à une table un peu plus isolée. Je regardai derrière nous.

« Ce sont tous tes amis ? »

Il considéra ma question un moment.

« Je ne dirais pas ça, non, fit-il. Ami n'est pas le bon mot. Disons plutôt que chacun d'entre nous pense que l'autre est une sous-merde et ne s'en sortira jamais. Oui. C'est approximativement la nature du lien qui nous unit.

— Aurora a des problèmes, Michael. »

Il sembla ne pas entendre. Ou fit semblant de ne pas entendre. Il était affalé sur la chaise, dans cette posture qu'il adoptait si souvent et que je détestais, et il fixait un point au-delà de moi, d'un œil fasciné. Je me tournai brusquement. Il n'y avait rien d'autre à voir qu'un homme en train de manger une soupe. À une table. Seul.

« Qu'est-ce que tu regardes ?

— Incroyable », dit-il d'une voix très douce. On eût dit qu'il assistait à l'invention du feu. « Regarde la cuiller.

— Qu'est-ce qu'elle a ?

— On plonge, on lève, on avale, nota-t-il, émerveillé. Et ça recommence. On plonge, on lève, on avale. Et ça recommence. »

Je me trouvai à nouveau contraint de me tourner pour regarder, et, à ma grande irritation, je vis la cuiller monter et descendre. C'était à peine croyable.

« Ce type mange, fis-je exaspéré.

— C'est exactement ça. Oui. Il mange, n'est-ce pas ? » Sa voix était pleine d'admiration. Son regard ne déviait pas. L'homme était d'âge indéterminé. Grisonnant. Le profil penchait, les lèvres sèches suçotaient. Michael paraissait sidéré par l'étonnement. « La soupe de pois, fit-il en se penchant d'un air de conspirateur vers mon oreille. C'est la soupe du jour, tu es conscient de ça ? Il y a du jarret de porc dedans, aujourd'hui. » Il regarda à nouveau l'homme muet et sa cuiller animée d'un mouvement mécanique. Je commençai à me sentir mal à l'aise. « Hier, poursuivit-il de la même voix douce comme s'il m'avait livré un secret militaire d'une importance vitale, c'était flétan au four. Mais il n'était pas là hier. Il n'aime pas le flétan. Lui, c'est la soupe de pois, son truc. Avec du jarret de porc dedans.

— Écoute, Michael. »

Il m'ignora. Le mangeur de soupe continuait d'accaparer toute son attention.

« Y a-t-il des mangeurs de soupe de pois ? demanda-t-il. Je veux dire, constituent-ils une espèce à part, ayant évolué en milieu urbain meublé ? C'est une étude qui vaut bien d'autres travaux académiques. Plonge, lève, avale. Et ça recommence. » Il psalmodiait doucement. Cela aurait parfaitement pu être le rythme de base de l'univers.

« Michael, écoute. Aurora…

— Elle est en cloque, fit Michael. Elle a un polichinelle dans le tiroir. C'est ça le message secret, non ? »

Mes lèvres se serrèrent.

Quand le lui avait-elle dit ?

Oh, elle ne le lui avait pas vraiment dit. La chose s'était en quelque sorte révélée à lui, en prenant, comme qui dirait, sa forme la plus classique. Il sourit avec insistance. Je lui aurais pardonné n'importe quoi excepté ce sourire impénétrable. La pauvre fille était vraiment dans le pétrin ;

ce n'était pas une plaisanterie ; pas une de ces blagues sordides qui circulaient à la table autour de laquelle se rassemblaient ses soi-disant amis. Elle avait besoin d'aide ; que comptait-il faire à ce propos ?

Il réfléchit un instant.

« Mettre une annonce dans le journal ?

— Très drôle.

— Comique à votre service », dit-il modestement.

Bon sang, à une fête. Ivre. Endormie dans le désordre des manteaux. Ce n'était même pas un viol. La scène ne recélait même pas l'angoisse et la terreur du viol. C'était une chose qui arrivait dans leur cercle : un accident qui leur était familier. Une légère fatalité. Il me regarda. Mon indignation était ridicule.

« Elle a perdu le contrôle, dit-il, et quelqu'un en a profité pour marquer. »

Rien à ajouter. Le synopsis le plus strict. L'élixir. Elle a perdu le contrôle et quelqu'un en a profité pour marquer.

« Elle ne peut pas garder l'enfant.

— Ça s'est vu.

— Ne fais pas l'imbécile.

— Elle ferait une mère fantastique. Un pelvis de rêve.

— La raison pour laquelle elle t'aime restera toujours un mystère pour moi. »

Il sourit.

« Imagine que je connaisse un docteur ? Tu sais combien ça coûterait ?

— J'ai fait un chèque de deux cents dollars.

— T'es bien gentil, mais de nos jours les putains prennent deux cents dollars. Et elles ne restent même pas toute la nuit.

— D'accord.
— C'est la spirale du coût de la vie.
— Où se trouve-t-il ?
— Qui ça ?
— Le docteur.
— Pas loin, vers Jersey City.
— Je vais faire un autre chèque de cinq cents.
— Où veux-tu que j'encaisse un chèque de cinq cents ?
— C'est bon, je l'échangerai contre du liquide à l'hôtel. Tu l'emmèneras à Jersey. Si elle le fait passer, c'est maintenant qu'il faut y aller. Il ne faut pas qu'elle attende. » Je me levai, j'étais froidement dégoûté. « Tu t'en fiches éperdument, n'est-ce pas ? dis-je. Tu te fiches d'absolument tout. Peu importe à qui ça arrive. »

Ses paupières recouvrirent partiellement ses iris, comme pour dire : ce dont je ne me fiche pas, tu ne peux même pas le comprendre. Ce serait une perte de temps, disaient les yeux mi-clos, ici ou ailleurs, que je te détaille le panthéon secret des choses qui comptent pour moi. À la table d'à côté, la cuiller du mangeur de soupe plongeait, s'élevait. Il m'avait rendu conscient de cette cuiller. Une goutte, longue et d'un vert pâle, tomba de la cuiller dans le bol. À l'autre table, se trouvaient les amis. Et les mégots noyés dans les soucoupes. Il avait raison : j'étais incapable de comprendre. Je ne voulais même plus essayer. Elle aurait l'argent. Je m'en occuperais. J'avais l'habitude de m'occuper de ça.

32

Puis il se mit à neiger. Il neigea. Il neigea. Avant même de s'éveiller, on sentait la neige. La lumière était différente. Un genre d'obscurité blanche inondait la chambre. Je m'approchai de la fenêtre. Des tourbillons. L'air en était saturé. Une oblitération avait eu lieu durant la nuit. Le ciel s'était fragmenté. Il tombait sur la terre. J'étais euphorique. Il était évident que j'avais espéré cette neige. Je sortis. J'enfonçai mes pieds dans l'épaisseur des flocons. Il était difficile d'y voir quoi que ce soit. New York était aveuglée. Le blizzard semblait ne jamais devoir s'arrêter. La ville était rendue au silence. La neige tombait et insonorisait tout. On se sentait seul. La neige s'accumulait sur mon manteau. La neige continuait de tomber, plus de neige que jamais, toute la neige du monde. Brusquement, un parapluie faisait son apparition au cœur de la tempête. Pas de côté, dans la congère. Le parapluie disparaissait. On poursuivait, hilare et aveugle. Dans les kiosques, la neige fondait ; les pardessus sentaient la laine mouillée. Les caoutchoucs crissaient. C'était magnifique de voir toutes les voitures abandonnées. La circulation des ferries était interrompue à présent. La neige avait arrondi une corniche. La neige fabriquait des coussinets sur les pourtours en métal des enseignes lumineuses.

La neige.

Et dans la neige, je pensai : tôt ce matin, Michael a emmené Aurora à Jersey.

33

Assis sur l'unique chaise de l'atelier de Michael, j'écoutais. Elle était allongée dans le lit.

Un Lituanien : c'était ça qu'il était, le type, là-bas, à Jersey City, elle y était allée en trombe, en trombe de Fallope, haha, non, c'est une blague.

Et il était sale. Pas les instruments ; il était précautionneux de ce côté-là ; il les mettait à bouillir, les stérilisait, les tenait grâce à une pince, qu'il manipulait de ses mains gantées. Pas les instruments, non. Mais son langage.

« Son langage ? fis-je. Qu'est-ce que tu veux dire par là ? »

Il t'examine. Il te fourre la main à l'intérieur et dit : Ça alors, un con lituanien. Et il ricane, et il ricane. Tu vois, mon chou, le docteur, il est malin. Il reconnaît la nationalité des cons. Il passe plus de temps là en bas que n'importe qui. Figure-toi, l'autre jour, une petite Anglaise débarque. Un coup d'œil. Bingo ! Elle avait un con écossais. Il répète, il ricane. Il s'y connaît, lui. Et pendant ce temps, il te rase.

« Il te rase ? »

Précaution médicale. Bon sang quelle impression de souillure. Lunettes sans monture retenues par un cordon noir. Veste ouverte sur un gilet et grosse chaîne de montre à gousset en argent.

Elle dit : Ça va faire mal ? Le Lituanien la fixe par-dessus ses lunettes. Tou as pèr (fait-elle en imitant son accent) ?

Tou afais pèr quand tou étais afec ton pétit ami ? Grognements. Ça c'était bon, voui ?

Et elle se retrouve, bizarrement, soudainement, à flirter avec lui, pour ainsi dire, à flirter avec le Lituanien. Peut-être cela ferait-il moins mal, songe-t-elle, si elle flirtait un peu. Cela neutraliserait la douleur. La fenêtre de l'officine est légèrement ouverte. Elle entend les voix des enfants qui jouent dans la neige. Huit heures du matin. Michael l'a déposée chez le docteur. Il est quelque part dans le coin en train de petit-déjeuner. Elle est allongée sur la table d'examen, avec ses étriers en métal et ses lanières de cuir. Le docteur montre un instrument. Il dit : Voilà, c'est ça que je vais utiliser. La fenêtre est ouverte alors ne crie pas. Elle voudrait que ce soit vite fini, mais ce n'est pas le cas. Il lui montre à nouveau l'instrument. Il est décoloré à présent. Elle transpire et s'est mordu l'intérieur de la joue.

Lorsque c'est terminé, elle est couverte de sueur et nauséeuse. Il la soulève de la table, la porte à travers la pièce et la dépose sur un canapé en cuir. Le Lituanien est fort. Faut pas qu'elle bouge.

Le docteur est sorti. Tu sais pourquoi il est sorti, ce salopard avec ses blagues pourries ? Pendant que j'attendais de sécher, pendant que j'attendais que la douleur diminue ? Il est sorti se chercher une prune. Une prune ! Lui non plus n'avait pas pris de petit déjeuner.

Elle saignait. Le flot était contenu par l'espèce de tampon qu'il lui avait fourré entre les cuisses.

Le Lituanien mangeait sa prune en causant. Il avait été généraliste. À l'époque, en tant que généraliste, il se faisait environ six mille par an. Aujourd'hui sa femme roulait en Cadillac.

Elle gisait là. Rien de consistant à manger. Prendre une dose d'huile de castor. Rester au lit quarante-huit heures. S'arranger pour avoir quelqu'un qui reste avec elle.

Elle me regarda depuis le lit. Elle avait achevé son récit. Je lui avais apporté des fleurs. Dans la tempête de neige. C'était très gentil à moi. Les fleurs étaient sur le bureau de Michael. Michael n'était pas là. Elle l'avait autorisé à partir. Elle se sentait bien et n'avait pas besoin de lui. Michael était sorti jouer au poker. C'était sa soirée poker de la semaine.

34

« Donne-moi les fleurs », dit-elle. C'était un bouquet de roses de serre. Elle s'était installée confortablement dans le lit. Elle avait l'air dans une forme épatante pour une fille qui venait de subir l'épreuve qu'elle avait décrite. La chambre était baignée d'une lumière vive et chaude. Sur la verrière du toit, la neige s'était accumulée. Les roses étaient maintenant dans le lit avec elle.

Elle voulait parler.

« De quoi veux-tu qu'on parle ? demandai-je.

— De ta femme.

— Il n'y a pas grand-chose à en dire. »

Lorsque le vent soufflait, la neige sur la verrière se striait. Elle serra les roses contre elle. Je songeai à la santé extravagante qui lui permettait de se remettre aussi rapidement du calvaire lituanien.

« Elle t'a trompé, n'est-ce pas ?

— Oui. »

Elle sous-entendait, je le percevais parfaitement, que cela n'aurait évidemment pas pu être l'inverse.

« Où est-ce arrivé ? Chez vous, chez lui, ou dans un motel ?

— Ce n'est pas une histoire agréable, dis-je.

— La mienne ne l'était pas non plus. »

Vrai. Elle dans le lit, et moi dans le fauteuil, avions l'un comme l'autre subi de forts désagréments.

« Où ? » répéta-t-elle. L'endroit semblait important. La mesure de la débauche, de l'iniquité de la femme, du moins selon elle, était relative au lieu que l'épouse choisissait pour faire pousser les cornes.

« Au club de tennis. »

Je vis dans son regard qu'elle trouvait ça ridicule. En vérité, c'est ce qui avait rendu les choses encore plus douloureuses ; c'était idiot. Même les pires choses qui m'arrivaient refusaient de revêtir la moindre dignité lorsqu'elles me tombaient dessus.

« Au club de tennis ? répéta-t-elle.

— Oui. Je jouais au tennis dans le temps. J'ai arrêté.

— Je comprends pourquoi. »

Il y avait quelque chose de sexuel dans le tennis. En tout cas, il y avait quelque chose dans cette pratique qui rendait agressif sexuellement. Surtout dans les simples mixtes.

« Vraiment ? »

Elle ne savait pas si j'étais sérieux. Je l'étais. Ma théorie était tout ce qu'il y avait de plus sérieux. On ne rigolait pas avec ça, c'était comme la fraîcheur des fruits de mer. On se rendait sur un court avec une femme qui se plaçait de l'autre côté du filet, on montait à la volée et on sentait poindre en soi une espèce de tentation de lancer cette fichue balle en plein sur elle. Aussi fort, aussi sournoisement que possible. Le fait est que vous aviez à portée de main un stock d'excuses en béton au cas où la balle viendrait se coller avec la plus satisfaisante des précisions pile à l'endroit où son short court offrait une cible fabuleuse. Cela prenait une énergie de tous les diables pour se retenir de seulement viser. Quoi qu'il en soit, ça s'était passé au club de tennis, avec un joueur de tennis.

« C'était le pro du club ? »

Non. Ce n'était pas le pro. Elle ne faisait pas grand cas des pros. C'était seulement un type qui jouait dans ce club. Des simples mixtes. Je jouais mal au tennis. Ce n'était pas vraiment un sport pour moi. Quoique j'aurais été bien en peine de définir quel était mon sport de prédilection. Une des raisons pour lesquelles j'étais si mauvais au tennis, c'était que je ne supportais pas cet acharnement obscène à gagner, et comme je me fichais pas mal de perdre, la plupart du temps, j'avais un jeu très inégal. Mais, comme je le disais, ma femme jouait au tennis. J'assistais aux matchs. Derrière la ligne de fond de court, bien sûr. Assis sur une chaise en toile. Avec une boisson fraîche sur un guéridon près de moi. Il servait et elle renvoyait. Il lui faisait des remarques sur son revers qui était faible. Elle lui donnait des conseils pour monter au filet. Ils sortaient du court ensemble, délicieusement trempés de sueur. Je me rendais avec eux dans le bar du club. Elle commandait un *gimlet*, son cocktail préféré, et il commandait un daiquiri, son cocktail à lui. Par-dessus les montures de leurs lunettes respectives, leurs yeux continuaient à volleyer. Je voyais clairement dans quel casier il avait pris l'habitude de ranger sa raquette.

Je devrais préciser ici que tout cela se passait pendant que l'autre chose m'arrivait. Je veux dire, les boulots que je ne décrochais plus, les gens qui me raccrochaient au nez, cette fantomisation progressive. Les gens font ça, tu sais. Ils te transforment en fantôme.

Donc, nous avions deux voitures. La mienne était la plus petite des deux. Un après-midi je suis parti du club plus tôt et je lui ai dit que je rentrais à la maison. Elle était au bar, toujours en short. J'ai pris la voiture, j'ai effectué quelques centaines de mètres, je me suis garé, puis je suis retourné sur le parking du club à pied. J'ai attendu que le jeune voiturier noir s'éloigne, et j'ai ouvert la malle arrière de la voiture de ma femme pour m'y introduire.

Je vois bien à présent à quel point c'était bête. Pire que bête : ridicule. Passer près de deux heures en position fœtale, dans un coffre sans air. Je croyais que je faisais cela parce qu'il me fallait absolument connaître la vérité. Il fallait que je les prenne la main dans le sac. Mais, bien sûr, ce n'était pas ce que je voulais en fait. Il m'a fallu tout ce temps à New York pour découvrir ce qui m'avait poussé à m'enfermer dans le coffre de ma femme. La raison est très intéressante.

Je l'ai fait parce que je désirais être écrasé, complètement anéanti.

Oui.

Je voulais être démoli. Entièrement. Je voulais couler.

M'abîmer, vraiment. Être éliminé. Éliminé de tous les matchs de tennis à la con qui constituent notre existence.

Des matchs mortels.

Oui.

Tu sais, le court est vraiment plus agréable quand il est vide, que le filet pend un peu et que tous les joueurs sont retournés chez eux. C'est très paisible alors et presque beau.

Elle a fini par sortir et monter dans la voiture. J'ai senti le véhicule se mettre en marche. Inutile de décrire mes sentiments ou ce à quoi je pensais dans le coffre. Il suffit de dire que, à ce moment-là, il y avait une chose que je n'avais vraiment pas envie qu'elle fasse, c'était qu'elle rentre à la maison. Ce que je veux dire, c'est que je n'avais vraiment pas envie qu'elle soit innocente. Je n'avais rien à craindre de ce côté : elle ne l'était pas.

La voiture s'est arrêtée. La portière a claqué. J'ai attendu. Lorsque j'ai estimé que j'avais attendu assez longtemps, je me suis extirpé du coffre. Il faisait nuit. Elle s'était garée dans l'allée devant chez lui. La rue était en pente. La maison avait une pelouse sur l'avant. J'ai rampé sur le sol. Il y avait un buisson couvert de grosses fleurs blanches. Le feuillage masquait presque toute la fenêtre. J'ai fait le tour, ou plutôt je me suis enfoncé dans la verdure pour pouvoir regarder ce qui se passait à l'intérieur. Ils étaient sur le sol, dans le salon.

Quand je dis sur le sol, je ne veux pas dire allongés sur le sol. Je veux dire assis par terre. L'allongement viendrait plus tard. Cela finit forcément à l'horizontale. J'assistais là aux rituels préliminaires. Le machin qui va avec la musique qu'on écoute assis par terre, et la bouteille de vin débouchée, juste là, sur le tapis, en dessous du piano, et voilà qu'il lui remplit son verre, fait en sorte que les lumières ne soient pas trop fortes, histoire d'atmosphère, travaux d'approche. Elle porte une jupe courte en tweed et un pull. Le pull, ajouterais-je, était en très belle laine anglaise et acheté par mes soins. Lui est vêtu d'un polo à manches courtes. Si bien que, pour l'instant, les seuls endroits dénudés sont ses bras à lui et son visage à elle. Bien souvent, cela suffit.

Je recommande vivement, à un moment ou à un autre d'une vie active consacrée aux copulations maritales, extra-maritales, ou pré-maritales, que chacun se livre à un minimum de voyeurisme. Je t'assure que le jeu prend une tout autre dimension quand on est du côté du spectateur. Je crois que c'est l'une des choses les plus drôles que les humains fassent sur terre.

Non que je me sois écroulé de rire à l'abri de mon buisson. Non que je me sois follement amusé à le voir remplir son verre, à la voir remplir le sien, à les voir trinquer ensemble doucement avant de boire. Non. Ce à quoi je pensais, en réalité, c'était à me ruer sur l'alarme incendie la plus proche, à faire voler la petite vitre en éclats et à déclencher une alerte rouge. Je pensais à appeler le bureau du shérif pour effectuer une déclaration de vol. Ma maison s'était fait cambrioler.

Ils échangeaient des sourires, ils échangeaient des baisers, il lui caressait le genou, il se penchait tendrement et embrassait le renflement que sa poitrine dessinait sous la laine. Ma femme a des seins quelconques. C'était grotesque que cette comédie des mains des langues des genoux réveille en moi une angoisse aussi suffocante. Qu'elle me pousse jusqu'à l'extrême bord d'une crise de folie obscène.

Je n'entendais rien. Je m'essayai à la lecture sur les lèvres. Cela ne me faisait aucun bien de songer que j'avais vêtu nourri logé la garce qui était de l'autre côté de la vitre. Dans pareille situation, on ne se sent pas trahi. Ni trompé. Il se peut que l'on se le dise, mais je ne pense pas que « trahi » soit le terme exact pour décrire ce que l'on ressent. Je crois que ce qui me rendait fou, accroupi là dans le buisson de l'autre côté de la fenêtre, c'était la sensation d'assister à une sorte de parodie. J'avais donc, moi-même, naguère, caressé sa jambe, je m'étais penché pour embrasser son orteil à travers ses bas. J'avais joué de ma langue pour l'introduire dans sa bouche. C'était cette espèce d'obscénité en miroir qui me blessait. Je sentais un hurlement monter en moi.

J'étais à l'abri du regard des passants dans la rue. Elle me tournait le dos. Appuyée sur une fesse, soutenue par son bras droit qui plaçait son buste presque à angle droit avec le sol, elle tenait dans sa main gauche un verre à pied élégant empli de vin. Je voyais son profil. Ses lèvres paraissaient légèrement gonflées, ses paupières lourdes. Il était allongé sur le ventre, appuyé sur les coudes, tenant son verre dans la coupe de ses deux mains, la tête juste au-dessus de la jupe qui masquait les cuisses. Il avait les cheveux fins et blonds, un visage étroit. Et voilà que soudain, il rampe vers elle en s'aidant de ses coudes, tel un Indien dans un champ de maïs, le verre toujours dans les mains, et applique sa bouche sur le renflement du pull à l'endroit précis où se trouve le téton invisible. Cette fois il maintient la position. Il commence par le mordiller doucement, puis, avec la même douceur, il le mord carrément et enfin plus si doucement, manifestant une passion irrépressible, il enfonce sa tête plus profondément dans la laine anglaise de prix. C'est le code, le signal, le feu de détresse lancé dans la nuit. Elle lève le menton. Elle projette la tête en arrière. Ses cheveux courts se mettent à pendre à l'arrière de son crâne. Elle ferme les yeux dans une extase modeste. Il grignote encore un moment. Apparemment, il finit par trouver que le goût de la laine anglaise, fût-elle d'excellente qualité, a ses limites. Il écarte son museau. Il pose le verre de vin avec le plus grand soin. De la main gauche, il fait rouler vers le haut l'avant du pull. Voilà qu'apparaît un ventre bronzé serré à la taille par l'élastique de la jupe. Sa main droite, fouineuse experte et sûre, s'est faufilée dans son dos pour dégrafer le soutien-gorge.

J'ai rampé sous le buisson, loin de la fenêtre, et me suis mis à courir. Mon unique salut, la fuite. Si je m'étais arrêté, j'aurais hurlé. Courbé, à vif, grimaçant, blessé à mort, j'aurais hurlé dans la nuit. Mais je n'ai pas hurlé.

35

J'étais assis, parfaitement immobile. Il y avait de la pitié dans ses yeux. J'avais la gorge sèche. Comme c'était agréable, la neige sur la verrière, la pièce si vivement éclairée. Elle se leva brusquement du lit.

Je sursautai. Elle avait toujours, pensai-je, le tampon

d'ouate que le docteur lui avait fourré dans le corps. Il lui avait ordonné de rester au lit. Il ne fallait pas qu'elle risque une hémorragie.

« Une hémorragie ! Oh, Asher, dit-elle. Qu'est-ce que je vais faire de toi ? »

Les couleurs qu'elle avait eues jusqu'à maintenant semblèrent quitter ses joues. Elle était en chemise de nuit. Elle se mit à arpenter l'atelier.

Quelque chose se resserra en moi : j'étais soudain effrayé sans raison. Je ne comprenais pas pourquoi. Mais quelque chose se manifestait confusément à moi, comme un mauvais augure.

Elle s'arrêta. Elle était à l'autre bout de la pièce, à l'endroit où la verrière penchée dans le toit rejoignait le mur, et elle s'arrêta, comme si quelque chose lui était soudain venu à l'esprit. Je dis : « Mon poussin, il faut que tu retournes te coucher. » Elle m'ignora. Elle se dirigea vers le bureau de Michael. J'étais assis juste à côté. Elle ouvrit le tiroir du bas, fouilla et en tira une enveloppe en papier Kraft. Elle ouvrit l'enveloppe et regarda à l'intérieur. Depuis mon poste, à côté du bureau, je la regardais faire. L'enveloppe était vide. Elle ne s'attendait pas, c'était visible, à ne rien y trouver.

« Oh, non, lâcha-t-elle. Oh non. »

Elle gagna rapidement le placard. Il se trouvait tout près de l'escalier qu'on empruntait pour monter jusqu'à l'atelier. Il était fermé par un crochet qui s'enclenchait dans un anneau. Je ressentais encore l'étau de l'anxiété serré en moi : ce qui se passait, je le savais, était lié à moi. Elle avait ouvert le placard. À l'intérieur, sur une étagère, se trouvait une boîte en carton. Le genre d'emballage qu'on trouve dans les grands magasins. La boîte était fermée par une ficelle. Elle l'arracha. Les nœuds cédèrent. Elle ouvrit la boîte. Elle en sortit quelque chose, le secoua et me le montra.

C'était un kimono japonais.

J'aurais dû m'en douter. Depuis le début. Mais non. Peut-être avais-je préféré ne pas savoir. Ils jouaient à des jeux compliqués. Pourquoi ne serais-je pas l'objet d'un des jeux auxquels ils avaient décidé de jouer ensemble ? J'avais certes reconnu ma propre humiliation. Je n'avais pas pensé qu'il y aurait des suites à ma confession. Je m'étais éviscéré. Voilà que je gisais sur la planche à découper ensanglantée. À cela, aucune suite n'était possible.

Le kimono n'était pas exactement de la même teinte que le mien, et le motif n'était pas exactement identique. Mais il y ressemblait suffisamment.

« Il m'avait promis de ne pas le faire, dit-elle. Il avait juré.

— De ne pas faire quoi ?

— Toucher à l'argent. »

Elle parlait de l'enveloppe Kraft dissimulée dans le tiroir du bureau. Oh, quelle idiote elle avait été. Elle aurait dû s'en douter. Mais il avait promis de ne pas y toucher. L'idée c'était juste de voir si j'allais lui donner l'argent. De voir l'expression sur mon visage.

« L'expression ? » fis-je avec raideur. Il n'y avait pas de fin à cette histoire. Toutes ces frondes, tout le tremblement des flèches décochées : j'en étais la cible. « Quelle expression toi et Michael aviez-vous en tête ?

— Oh, Asher. Je suis désolée. Je me sens tellement mal.

— Quelle expression toi et Michael aviez-vous en tête ?

— Oh, mon Dieu. Tu sais bien. J'étais censée venir vers toi, te dire : Asher, je suis enceinte. J'ai besoin d'aide. Et, à ce moment, ton visage prendrait une certaine expression.

— Je vois. Est-ce que Michael t'a dit précisément de quel genre d'expression fascinant il s'agirait ?

— Ben, tu sais. Une expression de sympathie.

— Ah ?

— C'est l'expression que tu as, Asher. Tu as l'air si blessé. Si meurtri. Au bord des larmes.

— Vraiment ?

— À ça de pleurer.

— Et bien sûr, il n'y a jamais eu de voyage à Jersey City, si je ne me trompe de Fallope, ou ailleurs ?

— Non.

— Et la chemise de nuit ? La journée au lit ?

— Ben, tu as dit que tu passerais ce soir. Et j'étais censée être allée à Jersey.

— Le Lituanien était très réaliste.

— Oh. Il y a eu un Lituanien. Mais pas cette fois.

— Je vois. C'est du vécu, c'est ça ?

— C'est arrivé, une fois.

— Et c'était à une fête ?

— Disons, un genre de fête.

— Tu as donc exploité un souvenir obsédant, c'est bien ça, ma chérie ?

— Oui. »

Je hochai la tête. J'étais très calme à présent. Je n'étais même pas en colère. C'était dans la lignée du reste : la fenêtre, les boulots qui se font rares. Le vent soufflait et des sillons se creusaient dans la neige accumulée sur la verrière.

« Donc, fis-je. Pas de tumeur. Pas de frais de scolarité. Pas de polichinelle dans le tiroir. Pas de Lituanien. Tu es une sacrée comédienne.

— Oh, Asher. S'il te plaît. J'en suis malade.

— Et Michael était censé ne pas toucher à l'argent.

— C'est ça.

— Tu comptais en faire quoi : le verser à une institution pour adultes retardés ?

— Michael a juré qu'il le rendrait.

— Mais il ne l'a pas fait, n'est-ce pas. Il aime les kimonos. En soie. Exactement comme le mien.

— C'était supposé n'être qu'une blague idiote, Asher. » Elle avait un ton assez désespéré, mais je n'étais plus sûr de rien à présent. Le faux possédait sa propre authenticité : n'était-ce pas la théorie de Michael ?

Je dis : « J'ai l'impression d'être l'objet de beaucoup de blagues idiotes ces jours-ci.

— Oh, Asher.

— La tienne n'est pas moins drôle que les autres. C'est simplement que je n'arrive pas à rire. Ça ne vient pas. Pas spontanément.

— Oh, Asher.

— La seule chose que je ne comprends pas, c'est pourquoi. Pourquoi, Aurora ?

— Oh, Asher, dit-elle. Crois-moi. Je n'avais vraiment aucune envie de le faire. J'ai dit à Michael : Asher a été vraiment chic avec moi. Et il a tout un tas de problèmes. Avec sa femme et tout. Et je ne savais même pas à l'époque à quel point ça avait été humiliant pour toi, je veux dire, toute cette histoire avec le coffre de la voiture. J'ai vraiment hésité. Mais Michael a dit qu'on ne faisait rien de mal. Je veux dire, pas de chantage, pas de visite surprise pendant que tu sirotes un martini dans mes escarpins blancs ou quoi que ce soit de dégoûtant comme ça. Michael a dit que c'était comme avec les chiens, tu vois ? Tu sais, les chiens et les sonneries ? Une expérience, quoi. Oh, Asher, mon chéri. S'il te plaît, ne me regarde pas comme ça. Je suis vraiment désolée. Mais vraiment. Je suis bête, c'est ça le problème. Je veux dire, Michael peut m'embobiner comme il veut, je veux dire, il sait tout simplement que je suis embobinable. Michael a dit qu'il te rendrait l'argent. Je te jure. Le truc, c'est qu'il faudrait que je me fasse examiner la cervelle : qu'est-ce qui m'a pris de laisser le fric ici, à portée de main de Michael ? J'aurais dû garder l'argent. Mais j'avais peur, je veux dire, trimballer tout ce paquet d'argent dans mon sac, et puis qu'est-ce qu'aurait dit ma mère si elle était tombée dessus ? Bien sûr, je n'étais pas absolument certaine que Michael faisait tout ça juste pour l'amour de la science, tu vois ? Ni même parce que, Asher, tu es tellement, je veux dire, conventionnel. En fait, ce que je me suis dit, c'est que Michael était jaloux. Tu comprends. C'est ça que je me suis dit quand j'ai dit oui d'accord je vais le faire. Je pensais que Michael était jaloux parce que tu essayais de me faire rouler dans le foin. Écoute, Asher, avoue-le. Bien sûr que tu avais ça en tête. Bon, d'accord, tu ne m'as pas fait une prise de jiu-jitsu, mais, écoute, c'était quand même l'idée, mon chéri.

« Je pourrais très bien m'y rouler maintenant, histoire d'administrer une leçon à ce petit salopard. Quelle idée de s'acheter un kimono. Et identique au tien, en plus. Alors qu'il m'avait promis.

« Oh, Asher, fit-elle en me regardant. Ce n'est pas si grave. Je vais récupérer le reste de l'argent.

— Ce n'est pas une question d'argent, dis-je.

— Mais Michael m'avait promis, répéta-t-elle. Qu'est-ce que je pouvais faire d'autre ?

— Tu aurais pu dire non, Aurora », fis-je avec douceur.

Mais je comprenais. Comment dire non. Une blague, un seau d'eau en équilibre sur une porte entrebâillée, un cigare piégé : ce n'était quand même pas un crime. Ils n'en étaient pas encore à ce niveau. Peut-être quand la plaisanterie tournerait à l'aigre. Mais elle ne pouvait pas dire non. Je l'imaginais en train de glousser. J'imaginais l'attrait qu'elle avait pu ressentir, au bout du compte. Ce serait marrant d'essayer. Rien que pour voir. Si je tombais dans le panneau ou pas. C'était juste un peu tordu. C'était juste un peu méchant. Avec une pointe de cruauté. Ce serait drôle. Je comprenais. Impossible de dire non.

Je me levai. Il fallait, bien sûr, que la scène se passe avec elle en chemise de nuit. Une chemise de nuit qui lui collait au corps et s'enroulait autour d'elle. Je me sentais comme un type que les infirmiers psychiatriques viennent de libérer de sa camisole de force. Comme si, à y regarder de plus près sur ma poitrine et sur mes bras, j'avais pu voir les marques laissées par les lanières de cuir.

« Tu sais où va Michael pour jouer au poker ? » dis-je.

36

Michael avait deux groupes d'amis. Ceux-là étaient les amis du poker. Ils étaient sept joueurs en tout. D'abord il y avait un bossu en gilet à carreaux. C'était un analyste freudien. Il y en avait un maigre avec de l'ombre à paupières verte. C'était un patient de l'analyste freudien. Il y avait une femme blonde décolorée qui portait un pyjama d'intérieur à fleurs et fumait ses cigarettes dans un long fume-cigarette en ivoire. C'était l'épouse de l'analyste freudien. Elle était assise à côté d'un violoniste hongrois qui jouait dans un café viennois de la 72ᵉ Rue. Il y avait une jeune fille de la Nouvelle-Angleterre avec une jambe déformée dans l'enfance par l'ostéomyélite. Elle était mariée au violoniste. Elle était timide. Michael était assis à côté d'elle. Il y en avait un autre, gros, asthmatique et pourvu d'épais sourcils broussailleux. Il était placé à côté de Michael. Il distribuait les cartes. Le poker était une institution hebdomadaire.

« Ouverture paire de valets », dit le gros homme asthmatique aux sourcils broussailleux alors que nous entrions dans l'appartement, avant d'effeuiller les cartes.

Aurora et moi arrivions du dehors, de la neige. Nous avions de la neige partout. J'ignorais ce que j'allais dire à Michael. J'allais le dénoncer. Il méritait qu'on le dénonce. Mais en tant que quoi ? Voleur ? Cela ne semblait pas être la qualification exacte du délit commis. Il leva les yeux de la table.

« Alors, comme ça, fit-il. Le bébé est sorti de son lit. »

La neige fondait dans la chaleur de l'appartement. De

la fumée planait en couche épaisse au-dessus de la table de jeu. Je crois pouvoir dire aujourd'hui que Michael nous attendait. Il savait qu'Aurora finirait par vérifier le contenu de l'enveloppe Kraft. Elle serait forcément furieuse. Je crois qu'il s'attendait même à ce qu'elle m'en parle. Ce n'était pas l'argent qui l'intéressait.

Je n'eus pas à le dénoncer. Aurora se précipita sur la table de jeu.

« Où est-il ? demanda-t-elle.

— Quoi ?

— On joue au poker, ou quoi ? dit le gros asthmatique, avant de faire entendre un sifflement de poitrine. Ouverture valets. » Il se mit à distribuer les cartes.

« L'argent, espèce de salopard », dit Aurora.

Les cartes s'étalaient en éventail sur la table. Tous les joueurs avaient placé leurs antes. La fille à la jambe déformée avait l'air mécontent.

« Asher n'a pas besoin d'argent. Je me trompe, Asher ? » dit Michael. Il regarda autour de lui. Les autres avaient ramassé leurs cartes. Les mises étaient basses. C'était une petite partie. « Savez-vous, dit Michael aux autres joueurs, combien mon cousin Asher se faisait certaines années ? » Il me regarda. « Dis-leur, Asher, me lança-t-il. Impressionne-les. Dis-leur combien tu te faisais, dans le temps, certaines années.

— Dis-leur toi-même, Michael, fis-je. Ce sont tes amis.

— D'accord », dit Michael. Il ignorait la présence d'Aurora. Il se tourna à nouveau vers les joueurs. Il injecta dans sa voix la dose appropriée de respect et dit : « Eh bien, dans le temps, il arrivait que mon vieil oncle Asher, ici présent, se fasse jusqu'à cent vingt-cinq plaques par an. Avant les impôts, bien sûr. »

Il marqua une pause. Peut-être étaient-ils impressionnés. Ils regardaient leurs cartes sans rien dire. La voix de Michael devint presque sourde quand il ajouta : « Et moi, je me faisais zéro, avant, pendant et après les impôts.

— Putain, y a personne qui ouvre, ou quoi, grogna le joueur maigre et nerveux aux paupières ombrées de vert.

— Asher est venu de loin, dit Michael, en affrontant la neige et le reste. Il a été dupé. C'est le terme exact ? Ce bon vieil Asher s'est fait avoir, et il détecte, il soupçonne une légère malice dans cette affaire, alors il vient jusqu'ici en bravant les tourbillons de neige pour obtenir une explication. C'est bien ça ? Alors voilà, je pense que ce brave Asher a droit à une explication, on va donc laisser tomber le jeu quelques minutes pendant que j'expliquerai deux, trois choses à mon parent âgé et pigeonné ici présent », dit Michael.

Le jeu fut interrompu. Il s'arrêta pour de bon. L'analyste en gilet à carreaux haussa les épaules. La dame en pyjama d'intérieur fleuri avec pantalon large afficha un certain intérêt. Elle était la seule dans ce cas. La fille à la jambe déformée avait l'air encore plus malheureux.

« Ce bon vieil Asher m'a engagé, dit Michael, pour la somme rondelette de cinquante dollars la semaine, afin d'accomplir à ses côtés un voyage à travers le passé dans le bon vieux New York d'avant. Tais-toi, ma belle, et écoute », lança-t-il à Aurora. Il était hors de question qu'elle l'interrompît. Il allait tout me dire. Je le voyais venir. Je voulais tout, et j'aurais tout.

« Oui, messieurs-dames, poursuivit Michael. Ce bon

vieil Asher ici présent adore New York. Ses immeubles majestueux. Ses coins de rue battus par les vents. Ses foules serrées. Il aime ses huîtres et il aime ses carrés d'agneau. Il l'aime de fond en comble. De haut en bas. New York, c'est la piqûre dans les fesses qu'il faut administrer à notre bon vieil Asher pour qu'il reste en vie. Alors nous sommes partis sur ses routes, lui et moi. Nous les avons arpentées. Nous avons admiré ses logements mémorables et ses poubelles impérissables. Oui, messieurs-dames. Parce que l'âme de ce brave Asher est entremêlée à celle de cette magnifique cité, je vous le dis. Il est le fil et elle est la trame, ou quelque chose comme ça. Mais c'est pareil pour nous tous. N'est-ce pas. N'est-ce pas que c'est pareil ? Parce que, mes bons amis, New York n'est pas une ville, pas du tout, c'est une malédiction ancestrale, un château hanté par la mer polluée, c'est notre mère paludéenne à tous. »

Doucement je dis : « Je me fiche de l'argent, Michael. Ce que je voudrais savoir, c'est pourquoi tu me hais. C'est à cause d'Aurora ? » Parce que si c'était ça, il n'avait pas la moindre raison de m'en vouloir. Je ne la lui avais pas enlevée, j'en aurais été incapable et pas une minute je ne m'étais dit que j'aurais pu. Je ne lui avais fait aucun tort. Si je l'avais insulté, autrefois, je m'étais suffisamment excusé. Si je n'avais pas assez admiré ses poèmes, j'en avais sûrement le droit. S'il se sentait amer et défavorisé, j'étais, selon moi, une victime autant qu'il se croyait l'être : étant plus vieux – ce qui aggravait mon cas –, ayant reçu plus de réels coups durs et ayant saigné plus abondamment que lui, j'avais de bonnes raisons de me sentir amer et défavorisé. S'il se tenait, noir de colère, en dehors des confins de son monde, moi aussi, qui l'avais habité autrefois, m'en trouvais aujourd'hui chassé. Nous ne devrions pas être ennemis : n'était-ce pas évident à ses yeux ? Nous devrions, plus que n'importe qui, être alliés. Et si nous ne parvenions pas à une alliance, du moins devrions-nous parvenir à une forme de *détente**, une trêve, un rabibochage, une coexistence circonspecte d'un certain genre. Nous étions de la même famille. L'avait-il oublié ? La même famille : détestable ou pas, le lien était là.

C'était un plaidoyer, j'imagine, le dernier que je ferais. Les joueurs de poker regardaient leurs cartes. L'épouse de l'analyste fumait sa cigarette mentholée, sans goudron ni nicotine, dans son long fume-cigarette. Seule la fille à la chaussure orthopédique épouvantable avait l'air de ne pas pouvoir écouter une minute de plus. Les autres attendaient sagement que la partie interrompue reprenne. Ils étaient dedans et espéraient se refaire, ou bien ils étaient gagnants et impatients de conserver leur avance.

Mais Michael n'était pas un homme de la *détente** ou de la trêve, en tout cas pas avec moi. Car j'étais, dit-il, assis là, insupportable à ses yeux de toutes sortes de façons plus mystérieuses les unes que les autres. Mes mains l'enrageaient. La manière que j'avais d'ajuster mon col, la simple présence de mon cou à l'intérieur de ce col, le centimètre de poignet de chemise qui sortait des manches de mon manteau l'emplissait, dit-il, d'horreur. Que je sois assis ou debout, que je marche ou que je respire, que j'aie la bouche ouverte ou fermée : il ne pouvait pas me tolérer. Mes conseils, mes avis, mon aide : sac à m… et compagnie.

« Putain. Asher vous parle d'art, dit-il. Asher vous parle

de politique, insista-t-il. Asher vous explique l'état du monde. »

Je méritais d'être écouté, par des communautés entières. Ma place était dans les livres d'histoire. Un chapitre rien qu'à moi. Le siège de la ville d'Asher. La chute d'Asher. Son éviction. Les querelles des factions sous le règne de. Les problèmes agraires durant le premier mandat de...

Asher.

Mon nom lui-même le révulsait. Asher, comme *la chair*, dit Michael. La chair du phénix qui renaît de ses cendres. L'Asher est triste hélas... Il aurait pu continuer ainsi éternellement.

« Parjure, lâcheté, compromission facile : eh bien notre brave Asher ici présent considère tous ces péchés comme les siens et ceux de sa génération », dit Michael. Le joueur aux paupières vertes se leva pour se rendre aux toilettes, le psychanalyste bâilla, personne ne s'intéressait à cette diatribe, personne n'écoutait vraiment. « Il a tout un tas de problèmes de culpabilité et d'expiation sur la conscience. Oui messieurs-dames. Il se fait un sang d'encre à propos du sens des choses, son pauvre vieux moi s'inquiète pour la signification du monde. Tout au fond de la pochette-surprise, il y a un petit cadeau et c'est pour ça que les pochettes-surprises existent. Ce bon vieil Asher ici présent aime que les choses soient authentiques, vraies. N'est-ce pas, Asher ?

— Tu crois ? » fis-je d'un ton raide.

Le garçon hocha la tête.

« Le vrai théâtre, dit-il. Les vrais gens. La vraie vie. »

Il regarda autour de lui : les doigts qui tripotaient distraitement les jetons empilés, les yeux irrités par la fumée, les visages indifférents, impatients.

« Et vous savez quoi ? ajouta-t-il. Notre brave Asher ici présent est persuadé de posséder un détecteur de vérité intégré. Ce bon vieux gadget à l'ancienne, qui marche à piles, lui fait automatiquement savoir si une chose est authentique ou pas. »

Il secoua la tête.

« La vache, imaginez ce que serait votre vie si vous aviez un zimbrec dans ce genre à l'intérieur de vous ? Je veux dire un machin susceptible de vous informer parfaitement de la valeur de chaque chose. Un truc pareil, c'est le meilleur petit gadget au monde depuis l'invention de la capote à picots. Parfaitement, messieurs-dames.

« Et je vais vous dire comment obtenir un de ces petits détecteurs de réalité, fit Michael. Si vous croyez que vous pouvez sortir vous en acheter un et le faire ajuster dans votre poitrine, vous vous mettez le doigt dans l'œil, chers amis. Non messieurs-dames, ce n'est pas possible, car cela rendrait la chose accessible à tous, et toute la question, c'est justement que notre brave Asher pense être le seul à avoir accès à ce gadget, il possède les droits mondiaux, ou, en tout cas, la licence pour toute l'Amérique. Lui et sa génération, ils ont les droits exclusifs de reproduction. De la manufacture à la distribution, ils possèdent toute la chaîne. Et si vous voulez savoir comment ils ont obtenu cette licence exclusive, eh bien c'est simple, ils ont fait en sorte de naître durant l'un des grands moments de vérité historique. Messieurs-dames, je vous le donne en mille : la Grande Dépression. Ce moment dans l'histoire de l'Amérique où tout était vrai. »

Michael marqua une pause. Sembla sur le point de sourire.

« Docteur, dit-il en s'adressant à l'analyste. Je crois qu'on va devoir opérer. »

Le joueur aux paupières vertes revint des toilettes.

« Opérer de quoi ? demanda le psychanalyste.

— Asher est victime d'une occlusion, annonça Michael. Une circulation perturbée dans le flux du détecteur de vérité. Infirmière ! aboya-t-il à la femme de l'analyste. Sortez-moi March de chez lui, qu'il laisse tomber ses quatre filles et se pointe en salle d'op' à seize heures pétantes. »

Puis il me regarda.

« Rien à craindre, monsieur, dit-il avec bienveillance. Vous verrez que vous ne remarquerez même pas la différence après qu'on vous l'aura enlevé.

— Vraiment ?

— Vous serez un homme neuf. Pas de mélancolie, pas de sentiment de culpabilité, pas de fautes morales indigestes. Je vous enverrai la facture demain matin.

— Combien ça va coûter ?

— Cinq cents. Anesthésie et traitement postopératoire inclus, ainsi que le droit d'agripper la divine chatte d'Aurora.

— Espèce de petit salopard mal élevé.

— Bon, ça va bien, dit le joueur asthmatique aux sourcils broussailleux. On arrête le cirque et on joue aux cartes. »

Michael se tourna vers Aurora.

« Asher ne m'aime pas, soupira-t-il. Je fais tout ce que je peux, mais je ne parviens pas à me rendre aimable.

— Moi non plus, je ne t'aime pas beaucoup, dit Aurora.

— Vraiment, ma jolie ?

— Rends à Asher l'argent que tu lui as pris.

— J'ai dit que je ne voulais pas de cet argent, précisai-je.

— Il ne veut pas de cet argent, répéta Michael à Aurora. Asher affiche un beau mépris pour l'argent. Je ne l'en blâme pas. Pas bon l'argent, ça corrompt. Il n'en veut pas. Il veut ma chérie.

— À ta place, je ne serais pas si sûr que ça que c'est ta chérie », dis-je.

Il leva les sourcils. « Tu n'as qu'à regarder son cul, dit-il poliment. Elle a mon nom tatoué sur la fesse droite. N'est-ce pas, mon ange ?

— Espèce de raclure.

— N'est-ce pas la vérité, Aurora chérie ? Dis-le à ce pauvre type. Il ne croit toujours pas que tu m'appartiens.

— Oh, la ferme, Michael. Tu es répugnant.

— Ok. Tout le monde a mis son ante ? » demanda le joueur asthmatique aux sourcils broussailleux. Il recompta le pot. « Qui fait le timide ? »

La fumée de cigarette s'accumulait. Michael saisit le cendrier qui se trouvait dans la rainure de la table, à côté de ses jetons.

« Est-ce que tu m'appartiens, chérie ? »

Je priai pour qu'elle ne réponde pas. Pas maintenant. Pas devant ces amis-là. Pas devant ces gens mornes qui s'ennuyaient en regardant leurs cartes.

D'une voix douce elle dit : « Oui. »

Il ne sourit pas. Il aurait été bête de sourire maintenant, alors que sa victoire était totale. Il lui tendit le cendrier.

« Tiens, ma jolie, vide-moi ça. »

Il était prêt à reprendre le poker.

Je priai pour qu'elle ne prenne pas le cendrier. Pas dans mon intérêt, puisque j'avais déjà tout perdu, mais dans le sien. Elle prit le cendrier.

Il n'y avait plus aucune raison de rester à présent. Elle avait pris le cendrier et allait le vider docilement. Je n'avais pas envie de rester pour la voir le vider, puis revenir à la table avec le cendrier vide et peut-être s'asseoir sur les genoux de Michael pour bien montrer à tout le monde qu'elle lui appartenait. Je gagnai la porte. Asher sur le départ, un homme brisé, Asher en cendres : il était parvenu à faire de moi un personnage grotesque, comme il l'avait fait avec le mangeur de soupe. Elle me regarda marcher vers la porte de l'appartement. J'entendis l'homme aux paupières vertes annoncer : « J'ouvre de la moitié du pot.

— Je suis », dit le violoniste. Ils étaient contents. Le jeu reprenait.

« Chérie, tu t'occupes du cendrier ? »

Elle ne l'avait donc pas encore vidé. Ses mégots dégoûtants et ses cigarettes brisées. J'étais à un pas de la porte.

« Asher », dit-elle.

Elle voulait que j'attende. J'obéis et me tournai vers elle.

Michael leva les yeux vers elle, les cartes en éventail dans sa main.

« Vide-le, chérie », dit-il gentiment.

Je la regardai se diriger vers la table. « Je vais le vider, Michael », dit-elle. Elle retourna le cendrier, et un nuage de poussière s'éleva. Michael ne fit pas un geste.

« Voilà, dit-elle. Il est vide. »

37

« J'ouvre la fenêtre ?
— Oui.
— Comme ça ?
— La neige entre à l'intérieur.
— Oui.
— On va être enneigés. Oh, mon Dieu. La femme de chambre viendra demain matin et nous trouvera sous un tas de neige.
— Elle changera les draps, c'est tout.
— Je gèle, Asher.
— Tu veux que je ferme ?
— Brrrr, oui. »

Je refermai la fenêtre et retournai au lit. J'avais laissé les rideaux ouverts pour que nous puissions voir la neige.

« Le lit est froid.
— Il va se réchauffer.
— Tu as les pieds glacés.
— Réchauffe-les. »

C'est ce qu'elle fit. Je regardais la neige. Les tourbillons n'étaient plus si épais.

« Il faisait une si drôle de tête.
— Qui ça ?
— Michael.
— On s'était mis d'accord pour ne plus parler de lui.
— Mais il avait vraiment une drôle de tête. Tu ne trouves pas ? Quand j'ai retourné le cendrier. » Elle ajouta

d'une voix théâtrale : « Quand mes mains lâchèrent la cendre ! L'Asher la cendre, c'est un jeu de mots, non ?

— Michael a épuisé tous les jeux de mots du monde.

— Je n'ai pas supporté qu'il t'humilie comme ça.

— Il t'humiliait, toi aussi, mon cœur.

— C'est différent.

— Ah bon ? Peut-être. Disons que je suis plus sensible à ça. C'est comme une tendance, je finis toujours par être humilié, d'une façon ou d'une autre.

— Ne parle pas comme ça, Asher.

— Mais, c'est le genre de confidences sur l'oreiller que j'apprécie.

— Moi, je n'aime pas. Je n'aime pas que tu te considères comme une personne humiliée.

— Ça ne me dérange pas.

— Ça devrait te déranger.

— Peut-être. C'est simplement qu'à force de penser à moi-même, je me suis mis à accepter l'idée que ma vie avait consisté en une suite d'humiliations, certaines déguisées, certaines non. Il est fort possible, mon poussin, que je sois tout simplement ridicule sans m'en rendre compte.

— Tu n'es pas ridicule.

— Oh, il n'y a rien de grave là-dedans.

— Mais si. Je n'aime pas ça.

— Parce que tu es jeune et que tu n'as pas les pieds froids. Tu n'as rien de froid, d'ailleurs.

— Non.

— C'est ça. Vieillir, c'est simplement se mettre à avoir peur.

— Peur ?

— Tu sais bien, une douleur par-ci, une douleur par-là. Les présages. On se met à les guetter.

— Ça, c'est mieux que la peur, tu ne trouves pas ?

— Quoi, ça ?

— Être au lit. Dans un grand hôtel. Alors qu'il neige dehors.

— C'est parmi ce qu'il y a de mieux. »

Elle se blottit plus près. Elle soupira. Le lit était tout chaud. Je la regardai.

« Comme tu as de grands yeux, mon enfant.

— Je suis myope.

— Si douce. Plus douce que Noriko.

— Noriko ?

— Une fille. Au Japon. Dans un endroit qui s'appelait le Cherry Club. J'ai repensé à elle récemment.

— Elle était douce ?

— Elle se rasait. Absolument partout.

— Beurk.

— C'est vrai, c'était un peu bizarre. Les poils ont leur raison d'être j'imagine. Tu as chaud ?

— Oui.

— Tu as chaud et tu es belle.

— Merci.

— Des yeux comme... ? Je ne trouve pas de comparaison.

— Des yeux dans le genre grands.

— Oui. Et des seins dans le genre merveilleux. Et des jambes dans le genre magnifiques.

— Elles sont trop courtes par rapport à mon buste.

— Oui, peut-être, à peine. De l'huile, c'est ça.

— De l'huile ?

— Une huile foncée. Légère. Avec une imperceptible touche de lumière pâle au centre. C'est à ça que ressemble ta peau.

— On dirait plutôt la description d'une friteuse. »

Je me rallongeai sur l'oreiller. Elle avait la tête sur mon bras. Tout était si calme grâce à la neige.

« Tu étais aussi jolie que ça, enfant ?

— Quel âge ?

— Disons, huit, neuf ans.

— À huit ans j'avais l'air rital. À neuf ans, j'avais l'air rital.

— Tu étais heureuse ?

— Pourquoi ?

— J'ai décidé de collectionner les moments les plus heureux de la vie.

— On dirait Michael quand tu parles comme ça.

— Vraiment ?

— C'est le genre de choses qu'il pourrait dire.

— Je dois éviter ça à tout prix. Parler comme lui.

— Mais tout le monde le fait. Un peu. Tu n'as pas remarqué ?

— Dommage pour tout le monde.

— Je me demande.

— Pourquoi ?

— Ben, il n'a pas tout à fait tort. C'est un salopard, c'est sûr. Mais il a souvent raison, non ?

— On dirait que tu n'es plus aussi en colère contre lui que tu l'étais.

— Ah, oui ? Oh, qu'il aille au diable. On arrête de parler de Michael.

— On arrête. Complètement.

— Est-ce que j'étais heureuse ? » Elle se répéta ma question. « Voyons... Maman m'habillait bien.

— Et ?

— Et il y avait Papa.

— Alors ?

— Ils n'avaient pas encore divorcé. Papa avait un petit restaurant. Il s'est installé dans l'arrière-salle quand il a quitté la maison.

— Il t'aimait ?

— Oh, ben, oui. Il venait m'attendre tous les matins à l'heure où je partais pour l'école. Avec son costume bleu. Et son chapeau noir. Il se plantait de l'autre côté de la rue. Et j'avais peur de lui faire signe. De son côté, il avait peur de traverser la rue.

— Pourquoi ?

— Oh, parce que ma mère était à la fenêtre. Elle observait. Elle voulait vérifier que j'allais directement à l'école.

— Il avait peur de ta mère ?

— De Maman et d'Oncle Carmine, et d'Oncle Angelo. Alors elle montait la garde.

— Et toi ?

— Moi, j'allais jusqu'au coin de la rue. Et quand j'arrivais là où elle ne pouvait plus me voir, je me retournais en vitesse et j'agitais la main.

— Et ton papa ?

— Il souriait. Juste un peu. Et ensuite, il regardait Maman. À travers la vitre. Avec un air de triomphe.

— Il savait que tu l'aimais.

— À distance.

— À distance, d'accord.

— C'est important ?

— On n'en sait rien, si ? »

Silence. Elle se rapprocha encore. Posa la tête sur ma poitrine.

« Est-ce que je suis la première jeune fille avec qui tu aies couché, Asher ? Je veux dire, depuis ?

— Depuis l'histoire avec ma femme ou depuis l'histoire avec le dentiste ?

— Ton dentiste est une jeune fille ?

— Non. Mon dentiste est un vieux philosophe qui m'a fait remarquer que j'avais passé la cinquantaine et que j'étais sur la pente descendante.

— Alors, je suis la seule ? »

Elle semblait impatiente d'obtenir une réponse. Le cadeau (si c'en était un) gagnerait en valeur.

« Pratiquement.

— Mais je suis la première depuis longtemps ?

— Depuis Delores.

— Delores ?

— Une Noire.

— C'est chouette.

— Sur le papier, oui. Mais en fait non.

— Pourquoi ?

— J'ai été le bon pigeon que je suis toujours.

— Oh, Asher, avec elle aussi ?

— Je suis le meilleur. L'as du championnat.

— Qu'est-ce qui s'est passé ?

— Eh bien, après qu'on avait... enfin après, quoi, elle s'est mise à me parler de tous les amis que je devais avoir et qui fumaient sûrement tous du haschich. Elle portait une robe verte. D'une couleur très vive. La peau noire et la robe verte. Ma très vive Delores a suggéré que mes amis, car elle était sûre que j'avais des amis, des amis riches, des intellectuels, des amis qui n'avaient rien contre une petite orgie de temps à autre, constitueraient un excellent marché pour son commerce d'herbe. Nous pourrions partager, en plus du reste auquel elle fit allusion avec la plus grande délicatesse, les bénéfices. Cela ne servait à rien de lui expliquer qu'elle se faisait des idées sur mes amis. On ne baladait pas Delores. Tous ces rats de bibliothèque, ils aimaient sûrement qu'on les excite un peu, non ? Pauvre Delores. Elle était tombée sur le mauvais dealer. »

Silence. La neige tourbillonnait toujours. Je sentais les mouvements de son corps contre ma hanche ; le lit était plus que chaud à présent.

« Raconte-moi une autre histoire, dit-elle.

— Tu aimes les histoires ?

— Ouais. »

Je baissai les yeux. Ses cheveux, plus noirs que ceux de Delores, me recouvraient.

« Bon, fis-je. Il était une fois une fille qui avait de longs, de très longs cheveux noirs.

— Longs comment ?

— Jusqu'ici. Jusque-là.

— Et qu'est-il arrivé à ses cheveux ? Que lui est-il arrivé, à elle ?

— Elle trébuchait dessus. Ils tombaient dans sa soupe. Elle se les faisait pincer dans les portes du métro.

— Quelle horreur. Pourquoi elle ne les coupait pas ?

— Elle était superstitieuse.

— Superstitieuse ?

— Oui. Puis un jour, ses cheveux se mirent à tomber.

Par poignées. Chaque fois qu'elle les coiffait. Et elle passait son temps à les coiffer.

— Et alors...

— Son petit ami...

— Elle avait un petit ami ?

— Oui. Plus vieux qu'elle. Mais encore beau. Comme sont belles les ruines. Et chaque matin, son petit ami, quand il se glissait hors du lit, trouvait des cheveux partout. Sur son tapis. Sur le sol de sa chambre. Sur son oreiller. Sur ses chemises à monogramme. Absolument partout.

— Où vivait-il ?

— Dans un grand hôtel.

— Ce n'était pas très hygiénique tous ces cheveux. Est-ce que l'hôtel se plaignait ?

— Constamment.

— Alors que fit-il ?

— Il finit par l'échanger contre quelque chose de plus propre.

— Je suis sûre qu'elle finit par lui manquer. Propre ou pas.

— Elle lui manquait, c'est sûr. Mais sans elle, sa vie était plus simple.

— Et plus terne.

— Absolument. Mais c'était un vieil homme et il aimait les choses ternes.

— Comment passait-il ses nuits après l'avoir échangée ?

— À lire. À penser.

— Était-ce un grand penseur ?

— Non. Pas vraiment.

— Et il dormit seul après son départ.

— Oui. Avec toutes les fenêtres grandes ouvertes. Les fenêtres grandes ouvertes sont très bonnes pour la santé.

— C'était un vieil homme en bonne santé ?

— Disons... Qu'il avait de grandes fenêtres.

— Et ça ne lui manquait pas ?

— Quoi ?

— Ça, ici ?

— Ah, ça ? Oui. Ça lui manquait.

— Et ça, là ?

— Ça aussi, oui.

— Je parie qu'il ne pouvait pas vivre sans, même avec les meilleures fenêtres de la ville.

— Il valait mieux pour lui qu'il essaie, malgré tout.

— Il va essayer, alors ?

— Pas tout de suite.

— Pas durant la prochaine heure ?

— Une heure ? Poussin. Je ne suis pas un champion du décathlon.

— Oh, une heure, ce n'est pas long. Pour un vieil homme en bonne santé. Avec d'immenses fenêtres.

— Aurora.

— Ce n'est pas long du tout. N'est-ce pas, mon chéri ?

— Aurora !

— Oui, mon chéri. Je suis là. Juste là. Je ne bouge pas de là, mon chéri. »

38

La Femme Visible s'élevait très haut. Elle mesurait plus de dix-huit mètres. Ses cheveux de pâte à modeler ruisselaient sur ses épaules. Elle avait le visage d'Aurora.

En charter, en bus à impériale, en train express, on venait la voir.

C'était la plus innovante et la plus étonnante de toutes les attractions de Broadway.

Les guichets pour la vente des billets étaient situés dans les orteils. Sans un bruit, les ascenseurs s'élevaient au centre de ses jambes transparentes.

Et j'étais l'un d'eux. L'un de ces touristes enchantés qui venaient pousser les portes pubiennes par lesquelles on pénétrait en elle.

Au-dedans d'elle, ce n'était que distraction et ravissement ; oubli et amusement ; répit et simplification.

On trouvait à boire dans ses bars. Ils étaient installés dans les articulations de hanches renflées. On jouait à des jeux de chance à l'intérieur de ses doigts tendus. On s'asseyait (à l'étroit, mais quelle intimité !) dans les deux cinémas construits de façon admirablement compacte dans chacun de ses seins. La chanson incessante et inchangée de son sang, comparable à celle d'une cascade de couleurs, animait son système veineux. La musique sur laquelle on dansait était celle des battements de son immense cœur artificiel.

Sans fin, ils venaient à elle. Depuis le plus isolé des villages. Depuis les villes les plus oppressantes. Depuis les métropoles les plus dangereuses.

Par groupes de quatre. Dans la joie du tête-à-tête. Lors de sorties organisées par la Chambre de commerce. Moi, j'y allais seul.

Quelqu'un déclara qu'il neigeait. Je descendis quatre à quatre son escalier intestinal. Il neigeait bel et bien. Ses yeux électriques brillaient dans la tempête.

Je m'accrochai à son immense jambe. Elle était froide. Quels que fussent les matériaux utilisés lors de sa construction (le mystérieux alliage, les produits chimiques énigmatiques), elle ne produisait aucune chaleur.

Je criai : Aurora !

Et je m'éveillai. La fenêtre était ouverte. La neige entrait dans la pièce. L'autre moitié du lit était vide.

39

Au matin, la neige cessa de tomber. Je sortis. La pisse de chien souillait les congères. La suie vérolait les tas de neige. On commençait à entendre les pelles.

Les boutiques répandaient du gros sel devant leur perron. Le sel se coinçait dans les pattes d'un petit chien. Le petit chien gémissait. On commençait à entendre les chasse-neige.

Les ferries avaient repris du service. On pouvait à nouveau se rendre à Hoboken. Les voitures avaient été tirées de leurs tombes de flocons blancs. À l'emplacement de la tombe, un espace vide, de la taille d'une voiture, se creusait dans les amas de neige. On commençait à entendre le cliquetis des chaînes sur les pneus.

Il était impensable qu'elle reste. Je le savais. Je ressentais pourtant l'étreinte aiguë de l'anxiété. J'avais enduré de trop nombreuses pertes. Il était inutile que je parte à sa recherche. Que j'attende. À la sortie de l'université. Que j'argumente. Plaide. Menace. Exige. Cela ne servirait à rien. Il était inutile de descendre au bas de Manhattan. De rester planté. Devant chez Michael. À regarder le mur aveugle. À attendre qu'elle descende l'escalier. J'avais déjà fait ce genre de choses, autrefois, dans ma vie ; cela ne servait jamais à rien. Elle était partie. Cela ne m'empêcha pas d'y aller. D'attendre. Devant l'université. D'espérer. Cela ne m'empêcha pas d'y aller. De me planter devant chez Michael. De contempler le mur. Le studio n'avait pas de fenêtre donnant sur la rue. C'était une sorte de chambre secrète. Je m'adossai. De l'autre côté de la rue. À la grille d'une église épiscopale. Levai les yeux. Souffris. Cela ne servait à rien. J'avais obtenu l'unique nuit. Elle était partie. Je marchai jusqu'au coin de la rue et sifflai un taxi. Il se gara devant moi en soulevant un éventail de neige sale.

Dans le hall de mon hôtel, les gens n'avaient pas du tout l'air de comprendre à quel point cela avait été inutile. Les femmes portaient des fourrures et les hommes, des attachés-cases. Je me rendis à la boutique proche de la réception et achetai un journal. Une voix dit : Vous montez ? Je montai. Dans le couloir, je contournai plusieurs tables roulantes chargées de leurs habituels sandwichs à moitié croqués, à moitié dévorés. Leurs serviettes de table tachées, leurs cafetières. J'introduisis la clé dans la serrure de la porte de ma chambre.

Dès que j'entrai, je sus qu'elle était passée dans la suite. Sur le bureau se trouvait la clé que je lui avais confiée. Et, sur la table basse, en face du canapé, mon album de photos. Et, dans l'album, aussi vert que du feuillage, l'argent.

C'est ainsi que je compris que Michael aussi était venu.

J'ouvris l'album.

Oh, ils n'avaient rien défiguré. Pas vraiment. Ils ne m'avaient ni gribouillé, ni oblitéré, ni mutilé. J'étais toujours là, sur toutes les photographies. Tous mes moi successifs, des séries de portraits qui, si l'on feuilletait du début à la fin, me vieillissaient, et si l'on feuilletait dans l'autre sens, me rajeunissaient. Ce qu'ils avaient fait, et c'était drôle, je les imaginais en train de rire, c'était vraiment drôle, ce qu'ils avaient fait, ensemble, et avec un grand sens artistique, trouvais-je, c'était découper au cœur de la liasse, pas de toute la liasse, bien sûr, juste ce qu'il fallait, les portraits présidentiels qui ornaient la monnaie de notre nation, et, avec soin, oh, le plus grand soin, pardessus le visage jeune, mûr, puis âgé qui s'était, pour les besoins du cliché, tourné vers l'objectif tendre ou cruel, ils avaient collé, monté, superposé les têtes distinguées de Washington, Lincoln, Jackson, Grant, tous les présidents de la planche à billets.

En somme, c'était moi. Moi, en somme, je suppose. Une somme non négligeable, tous comptes faits. Je n'étais rien de ce que j'avais cru être. Je n'étais que de l'argent. Bon. Au moins, ils étaient clairs ; elle aurait dit : « super clairs ».

Je ne pris pas la peine de décoller les figures présidentielles. Il me semblait qu'il était trop tard pour nier quoi que ce soit. Je gagnai la fenêtre et regardai à travers la vitre. Ils devaient être ensemble maintenant, sous la verrière. En contrebas, dans la neige sale, un homo passa. Un homo et deux chiens, un caniche et un lévrier. Même depuis ma fenêtre je voyais que les animaux portaient des colliers ornés de pierreries. Un flic passa. Je le vis regarder les colliers brillants auxquels les laisses étaient attachées puis regarder l'homo vêtu d'une parka et de bottes de neige, en train de promener ses chiens, puis tous disparurent. Une fille chargée d'un grand filet à provisions passa. Pourvu d'énormes roues, un camion passa. Un taxi passa. Les Blancs passaient. Les Noirs passaient. Vieux ils passaient. Mûrs ils passaient. Jeunes ils passaient. Ils passaient lentement. Vite ils passaient. Gelés ils passaient. Ça n'arrêtait pas. Le passage. Jamais. Ils ne s'arrêteraient jamais de passer. Homo flic camion taxi fille Blanc Noir z'avez déjà zété à Zinzinatti *voulez-vous venir en surprise-party avec moi** votez pour Jose Fuentes. Tout passait. Rien ne passait. Je passais.

Composition : IGS-CP à L'Isle-d'Espagnac (16).
Achevé d'imprimer
sur Roto-Page
par l'Imprimerie Floch
à Mayenne, le 20 septembre 2017.
Dépôt légal : septembre 2017.
Numéro d'imprimeur : 91472.

ISBN 978-2-07-269057-0 / Imprimé en France.

306698